胸膛上的蟹足腫

／短篇小說集

「自立報系百萬小說獎」得主

《失聲畫眉》作者凌煙專文推薦

妍音／著

顯微鏡下的情慾世界

凌煙（自立報系百萬小說獎得主，《失聲畫眉》作者）

與網路絕緣的我，一直以為妍音只專注於兒童文學或青少年小說的創作，直到某日在自由時報的花編版讀到那篇描寫都會男女情慾的小說——〈陽關三疊〉，才發現隱藏在溫柔婉約、賢妻良母形象下的她，也有如此火熱大膽的一面，害我跌破眼鏡。

細讀完她這本短篇小說集共二十五篇作品，才真正對她有所瞭解，同樣身為人妻、人母的我，對她所寫的短篇小說特別有共鳴，像她在〈破皮〉那篇小說中所言「吃下愛情那劑春藥後，得用歲月在婚姻裡擦藥」，唉……婚姻中誰不是這樣呢？愛情只適合存活於婚前甜蜜的兩人世界，婚後有了彼此的家人，生了小孩，加了辛酸苦辣，就逐漸變味了，大部份的家庭主婦只能要求自己去適應這種轉變，逐漸淡忘愛情的滋味，妍音卻像一個執著於愛情真相的少女，不死心的將這風乾的愛情放在顯微鏡下細細觀察，試圖找出曾經存活的證據，證明愛情的存在。

妍音的作品中，有許多特別針對婚姻傷痕的描述，如〈胸膛上的蟹足腫〉——一個有童年家暴陰影與傷痕的男人，渴望妻子的撫慰以療癒內心的創傷，卻只能從情人處獲得的無奈。〈破皮〉則點出夫妻間被歲月消磨掉愛情之後，生活裡的種種摩擦就像手指上的破皮，除了忍耐還能如何？〈手腕上的註記〉與〈拇指的刀疤〉都是一個妻子面臨丈夫外遇事件所留下的疤痕，鮮活細緻的描述，令人不禁懷疑她是否有切身經驗？但誰的婚姻沒有爭吵與磨擦？〈香氣不足的麻油雞〉會令煮婦級的讀者會心一笑，面對一個別人家永遠比自己家好的先生，連煮個麻油雞都被嫌不如別人家的香，妻子終於火大反擊「老婆也是別人家的好」嗎？小說家擅於融合自身與他人經驗再創作，前述的懷疑在這篇小說的結尾找到答案——「停了半晌，她讓自己不要再生氣，舀了杓湯喝下肚，霎時整個人都暖了起來，方才丈夫像冰一般的話，瞬間就消融了無蹤影」，這就是婚姻最真實的相貌，聰慧的妍音相當熟悉婚姻的況味，點點滴滴用文字呈現都會男女的情感與婚姻問題，真實得讓人不得不產生合理懷疑。

婚姻關係中不論背叛者是丈夫或妻子，總會留下背叛的印記或傷痕，妍音以情慾流淌的筆調，闡述一段段世間男女變調的情愛，宛如一杯特調的雞尾酒，值得讀者細細品味。

凌煙　寫於二〇一一年四月十二日

胸膛上的蟹足腫——短篇小說集

顯微鏡下的情慾世界／凌煙 003
遭天譴的食指 007
胸膛上的蟹足腫 015
天仙子 023
錯身 029
落空 041
畫眉 055
沒事 061
陽關三疊 065
春夢 071
青絲 077
背上的餘溫 083
指甲剪下的夢 089
白玉苦瓜 095
破皮 101
黯淡 109
秘會 115

香氣不足的麻油雞 121
藏住了痛 127
敗家 135
酒醉的探戈 143
手腕上的註記 151
拇指的刀疤 157
遺夢 163
調笑 169
唯愛便當 175

遭天譴的食指

多久了？食指的指甲變成這樣有多久了？

她凝視著自己右手食指的指甲，從那殘缺破碎中，企圖找出一些蛛絲馬跡，他們決裂的因素。

她專注的望著那根手指。

為了看這根手指，她還必須放下手邊正在進行的工作，或正寫著的文章。她以左手托住右手，目不轉睛的仔細端詳著。

她記得看過一篇醫學報告，說一個指甲要長到完全覆蓋整個指甲的肉塊，大約需要六個月左右，半年之久呢！她心想，要耗費六個月這麼長的時間。但是再急切，除了等待，別無他法。

如果等待半年，可以把他盼回頭，她願意。

她望著指甲望得出神。

一直以來引以為傲的十根纖纖玉指，每一週自己慢慢修剪，用搓刀細心磨成橢圓形狀。許多人看到她的手指，都為之眼睛一亮，連他也是。

他第一次約她出去吃飯，等餐時，她兩手把玩著服務生送來檸檬水時附上的溼巾。他看得眼睛發亮，忍不住還伸手觸了觸她的指甲，還以大拇指比了個「讚」字。她知道處女座的他，第一眼一定是看人的指甲，乾不乾淨，有沒有汙垢？偏她是上升星座在處女的女生，生來特別注意個人衛生，尤其是要裸露在外的頭手臉，她一概不會疏忽。

他對乾淨迷戀到堪稱潔癖，他專注看著，再比了個塗指甲油的動作。她明白他是問她，怎麼沒搭上彩繪指甲的列車，跟上流行，讓十個手指鮮艷亮麗。她知道他其實只是問問，他那人應是不欣賞絢爛的人。她記得當時自己如實的回答：「我沒有塗指甲油的習慣，不喜歡。」

她看到他笑了，並且點點頭，表示贊同她的看法。她其實還有些話想說，但她又沒說出口。因為小時候住家附近有個酒家，常在華燈初上時，看到酒家女和尋芳酒客扶肩摟腰的路上招搖，酒女們個個是手指腳趾塗上泣血的鮮紅，看了就反胃。多年來，這樣的刻板印象再也解不下了。她始終不明白，「蔻丹」這麼美的字眼，怎麼上了手足，就像殺雞宰羊後的悲慘。

她沒說出口，是怕他說她偏執。現今社會，從中央民代到主播，再到演藝人員，甚或主婦村姑，許多人都戀上了裝扮指甲的趣味。而且多數人還不只塗滿一色，比如平平靜靜絕命的紅，或是怵目驚心鬼魅般的墨黑。她曾見過一位廣告ＡＥ，那十隻手指已長得略彎的指甲，上面是淋上了深綠的指甲油，第一印象就好似夜裡出現透光的僵屍，陰氣森森的。

現在的仕女，竟是將塗指甲油這麼簡單的事，變成一門學問，一門藝術，而且還有個冠冕堂皇的名稱「彩繪指甲藝術」。一個指甲，不到一平方公分，也能擠下各種色彩，她著實是想不通的。

但現在她想不通的是，她的食指怎麼會變成了這樣，比彩繪指甲更讓人怵目驚心，他看了一定會皺眉，是因為不捨。

可是他一直沒看到。

她回想二〇〇四年十二月二十四日那天，和他一起吃午餐，午餐後他送她回去。下車時，她以左手關上車門，竟是把自己的手指也夾上了。她本還不想抽回，因為那時她潛意識竟是閃過，抽回了手指，可能也就從彼此的關係抽離了。她戀戀不捨，但遲疑了一下，仍在他還沒發動引擎之前，把車門再打開抽出自己的手指，並且告訴他：「夾到手指了。」

她以為他會傾身過來，看看她的手指，並且呼呼它，給她滿滿的疼惜。

他一反常態的冷淡，她感覺得出來少了以前對她的關心。那時，她真的感覺到，只要他車子一啟動，大概就會駛出她的生活了。她整個意念都在這項上，根本顧不得食指的痛。

真正感到疼痛，是在那天夜裡。

平安夜，刺目的字眼，刺得她一陣陣抽痛，從食指指尖傳遍全身。她這才發現，指甲裡瘀血了，有半個指甲的面積，正在一點一滴的由暗紅轉成黑色。她暗地裡嘆息，她沒上蔻丹，就已彩繪了指甲，而且黑白兩色極端的顯目。

那個黃昏，她去慣常去的自助餐館買便當，老闆娘問她：「怎麼沒去吃聖誕大餐、去抱佳音？」

她覺得有點啼笑皆非，她幾時跟老闆娘談到宗教信仰，她也沒跟老闆娘說過自己的感情問題，老闆娘又怎麼知道她有沒有男朋友，是不是有吃大餐的機會。老闆娘突然看到她異常的指甲，問了她一句：「怎麼了？」她卻是不知該怎麼回答，只好苦笑道：「聖誕老公公送我的聖誕禮物啦！」

她那個聖誕大餐是，一個裝了半碗飯，一份青菜，一塊豆腐和一顆荷包蛋的便當。她除了食不知味之外，還感覺到那份量是超過她所能負荷的份量，異常沉重。

她反復只感覺到，他就要離開她的生活，從她的手指夾傷那一刻起。

那陣子，人人見了她的手指，都要驚呼：「妳的指甲怎麼了？」所有的人都憐惜、都不捨，唯獨他沒有。她還在e-mail中告訴他「右手食指被你車門夾到，又紅又腫，痛得沒法握筆寫字，要你惜惜。」

而他竟是完全的噤聲，沒有任何回應。她可以猜測得出他的意思，可她仍想要有個清清楚楚的答案。就算分手，也要明明白白的。她撥他手機，不是沒有開機，就是轉入語音信箱，她再寫e-mail，更是只去無回的情況了。

她想不透，他為什麼會突然的反常。而他應該是了解她的，她不會去他上班的地方找他，她不會不給他餘地，他又何必是採取這種最折磨人的方式呢？

有天她去洗頭，洗頭小妹阿娥告訴她：「妳這指甲看起來很嚇人，去看醫生啦，不過，醫生會把指甲拔掉，那很痛，妳要有心理準備。」

她一聽指甲要全部拔掉，心就痛。

這不就和他的關係一樣，才瞬間，就全失連了。連因為他才造成的黑指甲，也不能多留一下。她不要，不要斷得這麼乾淨，只剩下脆弱的，粉紅色的肉，彷彿直視到身體裡面淌血的心，怵目驚心的。

她那黑了一半的指甲，是靠在指根處，不是在指尖的部位。就像她外形依然亮麗，但內心深處卻疼痛得揪成一團。

兩週過去了，新的年度到了。她仍在夾縫中想著還會見到他，她要讓他看看「他」夾傷的食指。但他仍然像空氣一樣無色無味無形體，她慢慢接受他是避著她的事實。

她現在會去摳指根的地方。因為新指甲一點一點長出來，頂著黑了的指甲鬆鬆脆脆。她一摳，裂了一條縫，再一剝，掉了一片。那幾天，她天天摳，天天剝，一小片一小片的剝下黑指甲，像她一天一天習慣沒他音訊的日子。後來她的指甲變成，上半截是正常的指甲，下半截空空蕩蕩，好像抽乾了水的池子，乾乾枯枯的，也像她那沒什麼血脈的心。

外出的時候，她會刻意藏住右手食指，她害怕旁人善意的問候，怕自己承擔不起超重的溫情。而她又不夠勇氣扯下，前半截還黏在肉上面的指甲。唉！若是早聽阿娥的話，讓醫生給拔除整片指甲的話，是不是痛一下下就好了？而她，就因那一念，就得忍受這麼長久的疼痛。

算算，已經三個多月了。

一個男人如果不是打算分手，他不會這麼久都不和他的女友聯絡吧！

她看著她的指甲，新生的部份越來越多，而她也會閒不住的撥著上頭黏著肉的指甲，有些微疼痛的感覺，但比起手指剛夾傷時的痛就算不得什麼了。

現在，她慢慢習慣沒有他的安靜，一如她已習慣兩截的指甲。

但她時不時會想起，二〇〇四年十二月二十四日他邀她共進午餐的事。他是不是那時已決定，把平安夜留回家，把平安留給他和他太太？

而她只是正好讓天主有個機會懲罰她，在她不小心將自己的手指夾住時。

刊登二〇〇六年九月號六三一期《皇冠雜誌》

胸膛上的蟹足腫

他撫著胸腔上凸起的幾個紅疤，不觸摸它還不會很癢，但若是多搔一下，就會奇癢無比。以往得過且過，也從不曾想要去除。有記憶以來，這些紅疤痕就與他同在。他記得小時候父母經常爭吵，他就成了母親忿怒父親的出氣筒，一鞭鞭往他身上抽打，他一直巴望打過他的母親會攬著他呼呼。長大一點他故意想成那是自己打小頑皮，摔傷留下的疤痕，老天留著疤是為了提醒他懂事。

後來他忙著讀書工作，一年年的忘記了這幾個胸腔上的紅色疤痕。從來也不曾感覺這些紅疤的礙眼，除了偶爾發癢讓人難受外，也還能接受，還不就是他身體的一部份，生命的一部份。

後來相親結了婚，妻子是護專畢業的專業護理人員，妻子跟他說那是蟹足腫。

「什麼是蟹足腫？」

「一種特殊體質的皮膚病。」妻子答得簡潔。

「妳看它會不會覺得難看礙眼？」

他的意思其實是要問他妻子，是不是因為胸膛上有蟹足腫，所以她從不輕輕撫他的胸膛，在他們燕好的時候。

他那時還摸不清蟹足腫是什麼東西，妻子除了不曾給它溫柔外，他倒是也沒感受到妻子特別的嫌惡。他反而捉狹說著，平白胸膛上多了那幾粒蟹足腫，比原有那兩粒小小巧巧的乳頭還搶眼，好一副爭風吃醋的態勢。偏偏他妻子當他的話是風來一陣，也沒放在心上，更別說爭著搶他乳頭或那些紅疤痕。他妻子對他的胸膛仍是無所謂無關緊要，他身上有沒有蟹足腫，都改變不了一個鐵的事實，他還是他，得盡他該盡的義務。

他再要多問關於蟹足腫的事，妻子便有些不耐煩。

「反正又改變不了這個已經有了的事實，何必要知道那麼多？」

「多了解總是有益處的嘛！」

「了解再多還不是一樣，它就是一種特殊體質才會有的皮膚病，皮膚病，你知道嗎？」

「喔，是一種病。」

自此他知道身上那幾個肥肥厚厚的紅色疤痕，是一種皮膚病變，連妻子都不太願意多和他談的隱疾。他每天穿著整齊服裝上班，但別人看見的是他亮眼的外表，卻看不見他襯衫裡面的不舒服，他心裡深處隱隱的痛。唯有在脫光了衣服時，蟹足腫就會裸現在人面前，不自在如同兒時母親怒目瞪他。幸好他只是在妻子面前裸露，而妻子是從來就都視若無睹的。

他妻子幾乎不貼近他胸前，撫著他的胸他的蟹足腫，傾給他從小缺少的撫愛。偶爾他自己的大手掌拂過前胸，不期然的會碰觸到那幾粒蟹足腫，他總感覺它們一點一點在長大，好像盼著他妻子見到，然後再撫平它們。

他開始很用心去尋找蟹足腫的相關資訊，是在遇見她之後。

她總會關心他的身體，提醒他別過累了，提醒他該吃早餐，早餐是一天裡最重要的一餐，她給他準備點心，她做了許多他妻子不曾做過的事，甚至是母親不曾為他做過的事。

他終於相信女性是溫柔的，和一些書上說的一樣。他覺得他的母親應該像她一樣，而她為他做的就像一個妻子為丈夫所做的那般，除了她沒能見到他胸膛上的蟹足腫。

後來他想著有一天，他會給她和妻子一樣的裸裎相待。於是他開始認真注意自己的身體狀況，他運動，他三餐定時，當然也包括認真關注蟹足腫。

他想，像她那麼纖細的女子，自己胸膛上過度肥厚的紅疤，肯定會嚇壞她的。那，該怎麼除去呢？

他開始掛皮膚科尋求醫師的診治。

第一次門診時，他按醫師要求解下襯衫釦子，再把汗衫由下往上掀起，醫師仔細觀察時，他期期艾艾的問醫生，

「這要怎麼讓它消失？」

醫師不解的盯著他看，過去不曾想過讓它消失，都這般年紀了，才想到要去除，不是很讓人費解的嗎？

「有需要嗎？我自己也有。」醫師是個女醫生，似乎不把他當男人看待的，從肩膀處拉開她自己的衣服，讓他瞧了一瞧她肩窩處的蟹足腫。

「如果是為了美觀，是可以考慮消除它，如果不是，那就接受它，和平共處。」

他明白醫師的意思，她自己是女性而且是醫師，都沒特別為了美觀要去除蟹足腫，他是過了不惑年紀的男性，何需如此煞費苦心。

女醫生同時告訴他，蟹足腫的體質沒法根治，還會再復發。所以就算以雷射方式或冷凍治療縮小了，以後難保不會再出現新的。至於擦外用A酸，當然也可以治療蟹足腫，但是通常需要半年以上的時間，甚至還可能要擦到長達八至十二個月的時間。

他一聽，陷入兩難。他想除去蟹足腫，單純只是為了取悅她，想讓她見到一個不需她為他太過操心的身體。然而卻沒有一種治本的方法，當然更沒有能讓它即刻消失的魔法。

究竟要不要處理胸膛上的蟹足腫？這想法在他腦中盤旋多天。

隔週再去門診時，他決定採取的方法是，病兆內注射類固醇。女醫師將類固醇用很細的針頭在蟹足腫處直接注射，使它變軟變平。這個方法也不是一次就能解決他的問題，醫師要他每兩週去施打一次，而且因為他幾個蟹足腫的厚薄不同，所以施打次數也有不同，少則兩三次，多則甚至需要注射數十次。

但是為了她，他願意忍受細針打在蟹足腫上的痛，還好每次注射時間不很長，他都能忍受，比起如果她見了他胸膛上大小不一的蟹足腫而疏離他的痛，小多了。

他最終並沒有繼續施打針劑，因為在他接受治療的一個月後，他在她面前褪去他的襯衫和汗衫，她憐惜不捨的凝視他的蟹足腫。

「小時候你媽媽打得這麼重喔？」

他對她說過小時候的事，他奇怪她能牢記，而他的妻子卻不能。

「現在還會不會痛？」

「哪裡？」

「這裡和這裡。」她點了點蟹足腫後，再用力點著胸膛。

他明白她問的是，他的心還痛不痛？他感動得眼眶都濕熱了。

她撫著他胸膛的蟹足腫，聽著他說女醫師說的那句為了美觀的話，無限愛憐的環抱著他，她說：

「別去打針了，類固醇打多了對身體不好，而且這些蟹足腫也很可愛啊！」

「妳不怕它們？」

「為什麼要怕？」她說著，還親吻了他胸膛上的蟹足腫。

他緊擁著她，明白她不會嫌棄他的蟹足腫，不會嫌棄他。他也知道，她不會因為蟹足腫而疏離他。

他戀她極深時，向妻子提出分手的要求。他妻子嫌惡的說：

「把你丟在街頭都沒人要揀，你要走就兩手空空出去，孩子房子車子存款，都不屬於你。」

他妻子說得尖酸刻薄，讓他想起年幼時，母親常對著他說，

「死囝仔，甲恁老爸死死出去，攏麥返來。」

然而，他還是他母親的兒子，一直都是。

妻子的狠話撂出後，他認真的想著，什麼都不能擁有時，除了蟹足腫，自己還能給她什

麼？她那樣的女人，比他的母親妻子待他更好，如果只能擁有胸膛上有蟹足腫的他，是不公平的。

他沒有對她說妻子說過的話，他知道她會比他更心疼自己。但是他說了要割捨家庭的事，她不許，她不要自己成了他婚姻中的蟹足腫，她反而要他對妻子更體貼更溫柔。

他們最後在一起的那次，他在她胸口上輕輕咬嚙，他很想在她雪白胸前咬出一個傷口。她如果跟他是同樣的體質，只要他這一口傷及真皮，膠原蛋白需要重生時，就會慢慢長出和他一樣的蟹足腫了。如果他們有共同的印記，緣定三生，就算不同國度他們也會相逢，因為胸膛上蟹足腫的牽引。

但是他沒有這麼做，他只是輕輕的，幾乎沒感覺的啄了她一下，他不要在她那麼迷人的前胸留下醜醜的印記。蟹足腫是他的宿命，她已經幫他解開蟹足腫引起的癢痛，以後蟹足腫只是特殊體質的皮膚病，他再也不會感覺它帶來的不舒服，身體的，和心理的。

刊登二〇〇六年十二月六三四期《皇冠雜誌》

天仙子

這陣子，她強烈的想要見他。

她想念他男性特殊的氣味，她想念他輕按她肩頸的舒適，她想念他將她捧在手心仙女般疼惜的真心。

她好想靠著他的胸膛，告訴他這一年來的禁錮，已經把她囚錮成沒有行走能力的人了。他應該明白她的意思，他一直都像她腦中神經般看穿她的。

百般護她的他，怎麼忍心轉身就離去？

她突然意識到，他是不是在測試她，測試她對他的愛有多深，所以他暫時從她的生活抽離，不和她做任何聯絡。

今年只有在她生日那天，他寄了一張生日賀卡給她，其他什麼都沒了。沒有往年都有的浪漫晚餐，沒有特地挑選的貼心禮物，沒有讓她驚喜的電話祝賀，沒有纏綿動人的愛情語言。

接下來就再也沒有任何音訊了，連她因為案子進行的需要，去信跟他商討一些昔時的資料，他也未做任何回應。她錯愕萬分，突然不能明白，更無法將他和絕決畫上等號。

她思前想後，就是想不出原因。

她認識的他，不是這樣的一個人。他是溫暖的人，一直都是的，而且超乎常人的體貼溫柔。她也以為會一直持續，從來不曾懷疑過。

這一天她從家裡出來，搭上83路統聯市內公車，很快到了中港轉運站，她恨不得車已等在站內準備開出，她買了票跳上車就可以一路順暢的到台北。

然而世事豈是她所能料？就像和他之間，她也一直相信他說的春天已不遠，屬於他們的春天就在不遠處。而在這樣的希望下，她為自己編織一個個美夢，彷彿自己就是仙子，他心上的仙子。

現在她坐在車子裡正向著台北而去。

在這之前，她是他的仙子，可以享盡所有榮寵。只要所搭的車下了交流道，不論是重慶北路交流道，還是三重交流道，給他撥去電話，他就會在她的車抵達終點站時適時的出現。

這樣的榮寵，還有嗎？

然而，他畢竟不是她的專屬侍衛，供她差遣，而她也不是他的附屬物品，任他招之即來揮之即去。

而今更不可能如此了，那這一趟台北行是涎臉乞求他施捨愛情嗎？

車行一路，窗外藍天下是來往車潮。她感到奇怪，又不是星期假日，高速公路竟然也能車連著車。是不是也有和他們的曾經一樣的戀人，在車陣奔馳中相依。她想起曾和他同搭公路客車的經驗，是他不捨她獨自一人關在寂寞裡。那天乘著晚間八、九點的車，到台中送她回家後他再北返，趕著隔日上班。寂寂深夜，他不讓她孤獨，在熱烈的那時。

他們還有一次在公路上奔馳的記憶，是在他的銀色轎車裡，在一個豔陽高照的日子。

他開著車沿著濱海公路送她回台中，因他寵溺她，他知道她喜歡淡水。淡水的風，淡水的雲，淡水的一切，都是她所喜愛的，從他們在淡水相遇後。

她感念他的痴情，難以忘懷的也是這份浪漫。但情到深處真的轉為薄嗎？回憶像天空的雲，聚了又散，散了又聚。而她的車也已抵達台北，下了車她從承德路向台北車站方向走去，陽光如金粉似的由天灑下，好像歡迎她這位仙女的到來。

但太過明亮的天色教她瞇眼。不知是因為常盯著電腦螢幕的關係，還是年齡的關係？她的眼睛越來越怕光，太亮的地方，她反而因為需要瞇著眼睛而看不清楚。

走進地下街後，她的眼睛才舒服了些。她慢慢逛到車站大廳，正好十二點剛過。她的心震動了一下。如果他聽到她說來了台北，應該會興奮的要和她一起吃頓飯吧！

會嗎？她這時已沒這份自信。

往常她到台北來，他都興奮得像小孩一樣。現在，還會像以前那樣嗎？經過了這陣子，他把她放進他心裡的哪個位置了？

她站在車站大廳，遲疑著該否撥他電話。再想想，人都來了，姑且放下身段。她撥了他辦公室電話，撥通後固定是「××公司您好請直撥分機號碼……」機械似的語音。

她毫不遲疑按下屬於他的三碼，像鑲嵌在她心裡的三個字。她聽到轉接中的音樂，已經換了不知曲名的音樂，她的心沉沉的默數「1、2、3、4……」。之後，她聽到「對不起，這個電話目前沒有回應，請稍後再撥，或撥9，由總機為您服務。」

掛上電話，她問著自己，需要旁人服務嗎？還要再撥嗎？

不撥嗎？不是心急著來台北見他的嗎？

再撥嗎？算了吧！他也許有他其他的選擇，何必眼巴巴的黏著人。

可是，來了台北一趟，不該讓他知道嗎？

是該讓他知道，她不是絕情的人。

於是跨出車站，走向重慶南路。她要買一本書，寄給他，讓他知道，她來過又離去了。就算離去，也要讓他知道。她不會像他，不作聲的轉身就走。

買什麼書好呢？

這時候了，他難道還會在意她送的書是《錯身桃花》，還是《你給我天堂，也給我地獄》？

隨意吧！買好書後，她從皮包裡拿出一張便條紙，簡單寫上：「來台北，百感交集。這書，喜歡的話，就請留著。若占了空間，則請當做資源回收。」

然後就近她找了郵局把書寄出後，才想起自己還沒吃午餐。一直以來，總是把和他見面放在第一位，其他的事都變成次要的了。看看錶，已近下午兩點。但實在沒什麼胃口，那就喝杯咖啡吧！

在第一次和他一起喝咖啡的站前咖啡館。那時，她羞怯的看他，他修長的手指輕觸她細瘦腕處，開始要牽引她走向絢爛生活，她方才看見曙光啊！

之後，她彷如在天堂一般，享受他給的愛。他帶她四處尋幽訪勝，他帶她嚐盡各式美食，他讓她全然放鬆的漸漸掀簾走入他為她營造的幕帳。

可是，漆黑幕帳不預警的在瞬間落下，罩得她拉扯不開，而他並不在帳裡，也不在帳外助她一臂之力，她覺得自己就要掉入地獄了，心裡惶恐不已。

是不是他選擇回歸到和她相遇前的生活？是和她的這段情被他的妻子視破，已攤在耀眼陽光下了？還是倦鳥知返，良心苛責下，他要回去當個好丈夫、好爸爸了？

算了吧！露水一場，他也給過歡樂，她沒有理由苦苦相逼，他和自己。

三點整，她搭上客運離開了台北。

從此她只把他記在心裡，做她的天仙。

入選喜菡文學網二〇〇六年小說ＣＤ書

錯身

春天剛過，偶爾一陣雨下過後，空氣是涼爽的，彷彿春天又回首睇了她一眼。

前幾年島內的氣候饒是詭異，根本還沒好好感覺春天的氣息，就莫名的燠熱了起來。她覺得如同她的婚姻一樣，還沒細細體會，婚姻的美妙就失去了。

不明所以的她就掉進一個框架裡，日復一日的柴米油鹽，年復一年的人間各式角色。愁悶時候，她就會想著年輕未婚時的輕靈。

年年，她仍會盼望見到春天原來的樣貌。

她是喜歡春天的，一直都是，從那個初春之際認識邱之後。

那時，是乍暖還寒凄清蕭瑟的天候，在風城。

學校裡公告有那麼一個研習活動，她所屬的社團社長指派她參加，說北上取經總是可以學些什麼，日後更可貢獻在社團運作上。

她聽說那是座多風的城市，不分四季，常就括起一陣風。她只是聽著，風，就風嘛。那時，她還無法體會，教人只想閃躲的風是怎樣的型態。

出發前她父親一再提醒，那兒的風是出名的潑辣，那座城是有名的風城。可她總想不過是比一般地區強些罷了，父親的說法未免誇張，大約也是心疼她罷了。哪曉得，真到了人家的地盤上，才是真真確確的領教那撒野的勁，但又能怎麼樣，只能由它把自己搞成披頭散髮。

那是她第一次踏進那座城市。一下火車，才剛由車站跨出第一步，她就嚇住了。這是怎樣的情形啊？她心底冒起泡泡般的疑問，一層一層往上冒。

這樣的城市，不容易親近吧？

或許，和這座城市，將只會是錯身，當年的她這麼想過。冷峻的風，在她下了火車立刻就迎面吻上來，將她從頭到腳完全照顧到，一吋也沒遺漏。那樣強勁的力道，似乎是逼迫，促使她不得不趕緊跳上公車，就往協辦研習活動的學校去，不敢也沒能好好看看那座滿是風的城市。

她向來習慣安安靜靜躲在人後，不作聲，沒人感覺她的存在，她也就習慣幽靈一般飄蕩生活裡。但風城的風讓她第一天到了報到地點，就已是十足瘋狂的面貌了。始終無法安靜服貼耳後的長髮，恣意的四處擺動，在她簽名報到時，流瀑似的全往前傾洩，她才以雙手將頭髮撫平，才回個身彎腰提起行李，它又橫掃她整個臉面。因為髮絲半遮面，她看不清前路，也更確信風城將與她錯身。

研習營的幾日，她仍然是一池不興水痕的水塘。認真上著所有課程，該配合的團體活動全然配合，絕不因內斂個性而自絕於團體之外，和同組學員當然也就有了互動，質感不錯的互動。

邱，是她同組組員，斯文的談吐讓她錯覺是文學科系的學生。於是在滿是風的城市裡，在邱的學校裡，她看到邱這個穿梭線裝書的男子，他不著唐衫長褂，卻散溢了一式的古風，他學習新式科技，但言談古逸。

是過強的風，掀起一種錯置？

是過於拘執，回眸便在錯身後？

邱算是第一個清清楚楚、確確實實肯定有她這個人的男子，在那冬日研習營。研習期間，同組的課程討論，或是課間休憩，邱似是都離她不遠。有時不經意的便瞥見，合禮平常的微笑，從邱那一方稜角分明的臉龐散出。有時欣賞美術品般的凝眸注視，稜角分明的五官，也能有詩情畫意。

詩情畫意不在風城，卻在邱的臉龐，在每一處活動的落點。其中有一天整個團體北上參觀報社，回程又順道去了石門水庫，她和同校的學員走在一起，邱也一路將她帶進圖畫裡。石門的名氣早響亮得震耳，那次倒是她第一回親臨水庫欣賞景致。水霸上緩緩走著，絕句或律詩都不足以呈現她乍現情思，她想樂府入樂，或可吟唱一生一世。是遊湖小艇噗噗的馬達，將她喚回二十世紀，她和邱及各自同學共四人，乘坐遊艇環湖一周，很快她從淡淡然的水墨間，走出詩情畫意，回到生活裡。

台北的細雨，石門的水氣，都寒不了她，在邱從風城露出臉面後。持續交談中她感到暖意，她知道應該不是因為邱對她說，「妳真像我表妹。」

是嗎？真像邱的表妹？她後來常會這麼想著。

她丈夫剛認識她的時候，也說她像他妹妹。

她不知道，自己怎麼可能像兩個迥然不同的人家裡的人。

她丈夫也是讀理工科系的，湊巧跟邱是同一學校的校友，長方形面容腮骨清晰可見，因之顯現剛毅。邱和她丈夫所有的不同，便是無需語言文字她也能實際感知的詩情。

這天早上丈夫邊吃著她自己調粉煎出的蛋餅，邊看著報紙，頭也沒抬的回應她的說話，她還真弄不清丈夫到底是聽到了沒？她其實還想多聽些，像是丈夫關心她的話。但是什麼也沒有聽見。她弄不懂到底木訥的丈夫是本就對她如此冷淡，還是他有了婚外情之後才這樣？她不但沒力氣，也懶得去追根究柢了。

丈夫的目光依然落在報紙的油墨上，從他口裡發出的唯一聲響，是他嚼著蛋餅「咂叭，咂叭」的聲音，她知道丈夫正惱怒新聞裡的報導，而她也只能一併聽進他對時局的不滿。她蹙著眉，雙手環抱胸前，惶惶然望著丈夫，一如枝頭寒顫得無法吐蕊的花朵，不敢吐出一絲聲息，連她方才說過想回娘家一趟的話，也不再說出口了。

丈夫出門後，她才感覺空氣不再那麼重重壓著人。她張開雙手伸個懶腰，再給自己泡杯咖啡，試圖藉由咖啡因的刺激，舒緩一下惱人的暈眩。

這暈眩倒不至於像梅尼爾氏症那般的天旋地轉，她自己明白這是氣血不順，生活裡有讓人不舒服的事，幽幽緲緲的就會暈將起來。

啜飲一口咖啡後，她把自己不豐滿的身軀拋進沙發裡。順便踢下室內拖鞋，把腳也請進沙發上，纖瘦的身子本就填不滿一張沙發。這會兒因為天冷，因為細瘦，因為不舒坦，整個人又蹉縮成一粒球，更顯得這張沙發的荒涼。

就著一屋子的冷清，她也不捻亮燈光，以致所有沉鬱放肆的在她身上裡裡外外的竄進竄出。但也因為這絲絲昏暗，她才能攀住倒流的記憶，回到過去。而這又是她唯一可做的休閒，從丈夫遊走軌外之後。

工學院的男生有著太過的靈性，彷彿是個天方夜譚。可她心裡又十分清楚，她曾經遇到過，在許多年前。這時她想起邱，心神稍稍有點依靠，就能沉穩一些。她也總是在這般失落的情緒裡想起邱。

她清清楚楚記得，邱寄給她的第一個郵簡，是一張梅竹賽的邀請卡，奶油黃的顏色給人溫暖的感覺，像研習會期間邱常穿的襯衫。卡片上有著幾天比賽的時間表，邱在開幕式十三日的邊上用藍色原子筆畫上一個ㄨ，又在卡片後面的空白位置寫上：「際此朝氣洋洋的季節，歡迎光臨風城，聞聞梅竹精神的氣息，建議妳於十三日清晨飄過來……」

「十三日清晨飄過來……」那幾個字，乘著風城的風飄進她的心裡，就一直不曾離開過。

邱大概是能揣想出她瑟縮的性情，末了還題上一句「請妳回訊」。也是在乍暖還寒的初春時候，面對邱那麼詩意的邀約，她應是難以抗拒的。然而即便是心裡這般的蠢動著，她還是多慮的想著，與邱不過研習營相識，他說的她真像他表妹，但究竟不是，甚至也不是他的故舊同學，去了不過徒增尷尬、彆扭。

最終她選擇不去新竹，簡單回個短箋給邱，做了禮貌的回絕邀請。

放棄受邀共賞盛會的機會，她心中不免有著絲絲悵惘。說不上為什麼，感覺是自己躊躇於一個飄近的夢境邊緣，終竟是不曾入夢去。

那之後，邱依然寫信給她，而且斷斷續續的寫著。那獨特的筆法，顯然是練過，說堅毅也是，說風雅也有，總之，從文字裡她尋得了一個依靠。而他字裡行間沒有憤世嫉俗，也非關風花雪月，在她讀來別是一份清新、一份安穩、一份牽引。

她對邱的記憶，除開研習會幾日的相處，後來又再見過兩次。一回是大學最後一學期的期中考過後，邱和他的同學到了她的城市，她慌張之餘趕緊請同學作陪，也就盡了地主之誼，逛了大半個城市。那次的見面，感覺上淡淡的、如水一般順流而去，風城的風並沒在她的城市吹皺一池水。倒是她見識到文字之外，紳士的邱。

再有一次已是畢業之後了。

她先是接到邱的賀卡，古典風格的卡片樣式，其上一隻翩翩展翅的鳳凰，單是一隻，她於是總會聯想到是孤寂的凰鳥。

那卡片一翻開便跳出來邱遒勁的字，他寫著：「軍旅轉次間認真看人生，不能再任由自己稚氣未除……」那感覺好像邱在說明，他將由青澀男孩蛻變成有擔當的成年男子了，但他仍是什麼也沒表示過。

接著春節來臨，邱在收假返回部隊前，途經她居住的城市，他帶著他家鄉的特產和她家人分享。那時她心裡竊竊欣喜，邱的深諳人生哲學。

那天她出嫁的姐姐回門了，從來沒有過的大團圓，恰巧讓邱給遇上了，還拍了照片留念。她一直有個錯覺，以為邱就要走進她的生活裡。但不知怎麼的，那次見面後，邱就像斷了線的風箏，許多年都沒再有訊息了。

後來翻看照片，若是看到那張全家福的合照，照片的邊上有邱的人影，她心頭就有股莫名的惆悵。彷彿邱原先是家裡的成員，突然就不告而別，消失了影蹤。

這許多年來，她不止一次在腦海中想像，想像自己與邱重逢的情景。

有一陣子她非常迷戀「重相逢」這首歌，沒事也要哼上幾句。剛開始還覺得重逢的希望濃厚，她甚至是期待的。台灣才這麼一丁點大，竟是無法在某個角落遇見，之後一年又過一年，就越發覺得生命中的春天，真的在一年年撕去的日曆中，一併撕掉了。

此刻陰沈溼冷的空間裡，連回憶都像是醃漬物一樣沒有青脆感。她也努力想讓自己不去想起邱，卻因為天氣的牽引，那些和邱相關的記憶，便喚不住的一直跑出來，春日不能是這般蕭索，應該明媚啊。

也許早已緣盡情了，又或者本就無情，純粹只是自己心頭淺淺的盪漾。她不禁在心裡苦笑一聲。

雖然這般調侃著自己，她仍是止不住的直往回憶裡鑽。她緩緩下了沙發，穿上室內拖鞋，慢慢踱步到了臥室，熟練的打開衣櫥，再拉開衣櫥下層的抽屜。然後以肅穆虔誠如膜拜神祇般的態度，捧著她的典藏極品。這一疊不過十四封，按來信的先後順序排列的信件。認識三年，邱也不過跟她對話過十四回，如果加上見面的兩次，和研習會的相處，對於情感的累積好像也單薄了些。也許就是這一來一往的對話，邱察覺到和她的差異，又或者邱也是如她一般的斂情斂性，只管在自己的想法裡轉。

她和丈夫交往後，就不容許過往那些記憶纏住自己。

偏偏她和丈夫是兩個極端的組合，她嗜靜內向丈夫活潑外向，一個學理工、一個念文學。兩個人的結合，大約是丈夫主動熱情，而她落入自己要尋個理工出身的迷思。真正結了婚之後，才發現她和丈夫之間除了一紙婚約，除了男女原慾，竟無法有相通的思想及靈犀。

她這才覺悟，原來並不是每個理工出身的男生，都有邱那般的文質。

那時她也還不至於感覺自己的人生可悲，只是和一個想法、作法都不同的人一起生活難免苦悶了點。真正讓她對婚姻感到束手無策，是在發現丈夫和公司祕書有了一段情。那種心裡滿佈的鬱悶，就像長年累月鬱積在胸口的痰，無法消散。

她溫吞的個性，學不會一哭二鬧的戲碼，可偏偏心裡又在意丈夫的遊絲誤繫。當她真落入那妒嫉裡時，便是滿滿的不甘。

她只把不滿放在心裡，真正面對丈夫時，為了孩子，她必得做一個識大體的母親，所以也只能啞巴吃黃蓮的，把苦塞在心裡。親朋好友咸認為她丈夫是不煙、不酒、不賭、不嫖的好丈夫，她應該要惜福。

丈夫游走軌外之後，她就像糖衣裡面極苦的藥粉，苦澀澀、鬱悶悶。愁鬱的情緒沒個出口，也因此反身便是跌入記憶，溯向那年的春天，想抓住年輕時單純唯一的愛戀。

總要有一種方式透氣，否則那種凝心的痛，會讓人失心失神的。

正是一回她回娘家，翻著自己婚前舊物，翻著翻著就翻到了邱當年寫給她的信。她整個人彷彿將滅頂者突然有根浮木可抓，抓牢了也就不願放手了。

就是那次，她順道把十四回年少情懷一併帶回家來。歷經很長一段憂鬱期，才找著了這個救命浮木，她當然是要緊緊抓住。

而後她就經常對著一小疊泛黃信紙，藏身青春年少的純情裡，讀著它便彷彿是正對著邱泣訴，泣訴婚姻的種種苦楚。

而邱信裡寫著的文字倒像是藥引了。

邱曾在信裡寫著「……靜靜的山，載著靜靜的家園，雖然那般簡陋，卻是那麼的『永恆』。」那時他的文字是朦朦朧朧描繪著他鄉間的家。邱想告訴她什麼？在當時。

家就是要永恆，要認真去對待，婚姻不也一樣？

難道也真如邱所說的：「也許人生就是後之來者推著前行者，在時空的巨輪裡，誰也逃不出這個鐵則。而生命就這麼……有點盲目，卻也莫可奈何！」

那許多年前青春正盛的邱的言論，她現在讀來仍感智慧。邱那樣一個文質彬彬的理工人，不僅沉穩聰穎，而且謙虛，他便說過「……魯莽衝蕩的歲月似灰煙般溜走，只剩下空空的一雙手，握不住一把拳頭！」

她很努力回想當年讀著這段文字的心境，依稀記得是感佩邱的不自傲。因為在那樣的年代，能考進風城知名的大學，都是來自各校的佼佼者，而他卻在經過四年洗禮後，沒有膨脹自己，反而更顯謙遜。

可惜的是，這樣男子與她錯身而過。

再怎麼細心輕巧的自信封裡抽出信紙，一張張薄薄的紙箋，此刻捧讀卻無比沉重。是時間累積它的重量？還是回味往事太沉重？

「……生命像一隻盛著苦汁的酒杯，我們預料不到杯中裝的是什麼，而當我們啜飲時，免不了的是『淡淡的苦味』。這世界有時被錯怪了，有時被迷惘了，人卻仍得『一逕往前走』。最近才覺悟到，當我們勇敢的啜飲人生時，那啜飲的剎那，何嘗不是永恆呢？」

是嗎？在那啜飲的剎那就已是永恆了。

那麼，對邱的那一絲淡淡情愫，也在那年就繡成一幅春天的畫了吧，她想。

刊登二〇〇七年一月四、五日《金門日報・副刊》

落空

盯著手中報紙的獲獎名單，她整個人癱軟如洩了氣的球。

沒能入圍，其實是意料中的事。她寫的題材是老掉牙的，在屬於年輕人領空的ＫＵＳＯ爆笑，奇幻驚悚或校園青春正是當道，婦女議題怎會有看頭？

但怎麼樣她也還是存著希望，就盼著殘喘的生命有一點點幸運，幸運引動評審對她的作品青睞，給她一個佳作也好。

一直很專意的投入，但現在什麼都沒了。原來所有的事都是不能片面的一廂情願，如同她在她的婚姻裡那樣。

怎麼辦呢？昔時懷抱最大的希望是在婚姻上頭，現在是對文學獎滿懷信心，然而希望落空後，信心也瓦解，真的是一無所有了。

參加徵文比賽，是不自量力吧？孤注一擲，是該說她對於當前的環境沒事先瞭解，還是她真的不適合創作？

不應該有目的而為吧？這樣當希望落空時，失望必然會更大。是不是像婚姻那樣，本來就不該對丈夫抱持太大的信心，男人都會犯一種天下男人無可避免的錯。如果一開始就將丈夫當成烏鴉看待，或許痛苦會少一些。尤其丈夫不認為他犯了滔天大罪，他反是覺得那便是生活，生活合該那樣。

和丈夫陷入僵局時，完全斷了經濟來源。她是一直想了很久，才想起她還有寫作這能力，勉勵自己，看看能不能從寫作中找出一條生路。

總要有一條活路讓她走啊！如果離開丈夫，她得要有收入好養活自己和小孩，純然只是為了生存，就這麼簡單的事。她不是想要出名，也不是為了那高額的首獎獎金，獎金只有一回，生活卻是日日都得支出。她的想法很單純，如果因為參加這樣一個小說獎的比賽，而能入了圍，因此有出版社注意到她的筆力，看出她有隻能寫的筆，願意為她出書，那就能有一股推動她往下寫的動力。往下寫，就能是一個和丈夫平起平坐的新局面，她就會有固定的收入，好維持她和孩子的生活。

如果所有的想望都是空，她怎有能力從那個家走出來？

她早該想到，現實真的殘酷，在任何一個角落都一樣。

沒有收入，就沒有生活的籌碼。帶著兩個孩子，她盤算過，如果她能穩定的寫著小說，孩子也兼顧得到，這比現在和丈夫和稀泥來得好，至少不必讓丈夫踐踏心情，也不需違背自己殘餘的尊嚴。

她想起還在學校讀書的時候，偶爾寫寫文章去投稿，也還有幾十元的稿費。現在她就有些懊悔了，如果從那時就不斷磨練，磨到這時，筆也早尖得刻得出銀兩。還不是那時貪戀那一點愛情的浪漫，就自動閉上雙眼，讓自己成了不能見物的女人，也才落得到今天這樣悲涼。

可現在的眼睛就睜亮了嗎？

她從來也不敢怨天尤人。是她自己選擇的對象，她自己決定的人生方式，除了認命，又能如何？

結了婚，辭去工作後，就是當個全職的家庭主婦。這一當，大女兒都上國中了，十五個年頭過去，她要出去找工作，二度就業，談何容易？剛從學校畢業時，同學們趕著去考教師甄試，好歹弄個合格教師。偏偏她那時陶醉在男友營造的愛情氛圍裡，她想著她的未來是王子公主從此過著幸福美滿的日子，哪需要在口袋裡裝幾把刷子。

哪裡曉得，天若要變，是快得讓人措手不及。

童話故事只是騙騙不懂事的小孩，而她，卻也中了童話故事的蠱。

現在，都已是近四十的年紀了，哪有餘裕去參加教師甄試。再說，現在也不比十幾年前，只要用心準備，也還是有機會的。近十年來大學越設越多，不說大學生滿坑滿谷，就連碩士博士也是滿街走，流浪教師多於過江之鯽。她這過氣的大學生，還是半老徐娘的人，根本不必去跟年輕人爭，很明顯的，機會是等於零。

偏她又有幾分傲氣，想當初在學校裡成績可也是頂尖，剛畢業去應徵的工作，處處要任用，而她也只能選定一家。如同大學時期追求者眾，可她也只能做一個選擇。

單一選擇一直是她的方式。

她要結婚時，為了家庭願意捨去工作，她公司老闆直是挽留。老闆還以為是她丈夫年紀輕輕想法老式，要把她困在家裡。其實是她自己也愛，愛那種被豢養在家裡的恩寵。

她不止一次在腦際閃過，早晨為丈夫做一份營養早餐，再在床沿輕聲喚他起床的畫面。然後丈夫將一臉的酣眠洗淨，用過她的愛心早點後，她為丈夫更衣，撲整他的襯衫西褲，再為丈夫結上領帶，獻上一吻後，甜甜送他上班。丈夫上班後，她整理家務，洗衣燙衣，再上菜市場去挑選丈夫喜愛的魚肉蔬果。丈夫若是三餐都要在家吃，她也願挖空心思好好設計菜色。因為大家都說「要抓住男人的心，先要抓住他的胃。」不管丈夫幾時到家，她一定會在丈夫按下電鈴後，以盈盈的笑臉迎他，接下他公事包，換下他的鞋，引他進她精心佈置的家。

那時，她想著丈夫會一輩子愛她疼她，到老年時，兩人還會相互依偎，她要唱那首「親愛我已漸年老，白髮如霜銀光耀，可嘆人生譬朝露，青春少壯幾時好……」《白頭吟》給丈夫聽。

羅曼史小說裡曲膝服侍丈夫的角色，她扮演得淋漓盡致，彷彿她化身到每一部作品中，可她丈夫並不如小說中專情溫柔的男主角那般疼惜她。

結了婚，她是很認真的在飲食菜餚上用心思，但她丈夫並不特別領情，反而常要求她煮些他媽媽從前常煮的，像是川燙茄子沾蒜泥醬油，黃瓜魚丸湯灑胡椒，烏郭魚煮味噌。她是按丈夫要求煮了這些他媽媽的口味，她看他吃得津津有味，自己是淺嚐即止。她丈夫因此還不很高興的說她，

「怎麼樣？不喜歡吃嗎？妳啊，真是山豬嘸曉呷米糠！」

她極不喜歡丈夫如此的調侃她，她覺得「山豬嘸曉呷米糠」那句話裡，有深深的不屑。好像他們家才是有品味的一家，她則是淡而無味粗鄙的人。

她就不明白了，魚香茄子、鑲肉黃瓜、豆瓣烏郭魚，口味不是都挺重的，這些她從食譜學來的菜式，丈夫總是搖頭。

「欸，別老是煮這些有的沒的，花樣那麼多，虛有其表，中看不中吃，多煮一些原味的台式菜色，像我媽煮的那些嘛！」

「這也是台菜啊？色香味俱全哪！」

「寫食譜、教作菜的人又不是道地台灣人，這哪是台菜？」

她從來不知道，丈夫的省籍觀念那麼重。他追求她的時候，也沒說過幾句台語，還不也陪她吃水餃喝酸辣湯。她就一直以為丈夫是喜歡麵食的人，婚後還自己包了幾次水餃，第三次吃過水餃的那晚，丈夫就垮著一張臉跟她說：

「下次不要再弄水餃了，我看了水餃就怕。」

「嗄？以前我們交往時，你都和我一起吃，我以為……以為你喜歡吃水餃呢！」

「我？喜歡水餃。我說過嗎？以前是配合妳的，要不然打死我，也不會去點水餃。」她丈夫講得好像是對她的恩寵。

她實在不明白，他若不喜歡吃水餃，以前為什麼要勉強自己呢？純粹只是為了迎合她？何必呢？她喜歡真實不虛的人，她突然覺得丈夫是一個只為了追她到手，投其所好，那其他的事，是不是也還有同樣情形？她真怕再想下去，也就把原先亮麗的色彩一層一層的拭去。

她和丈夫的差異，從生活小細節上，慢慢擴大到觀念看法。這時，才驚覺到，她和她丈夫根本完全不適合，可是，怎麼婚前沒發現到？婚前他不多話，常是定定凝視著她，靜靜的聽她說，她總愛和他分享學校裡的課程、工作上的點滴，分享她讀過的書、看過的電影，他總是淺淺微笑，笑得她心頭暖烘烘的。

她以為他喜歡這樣，她一直是這樣認為的。

也不知道從什時候開始，換成是丈夫說的話多。

人家說，丈夫回得家來還願意多說，已經是不錯的。但她卻是不知該如何向人說明，她丈夫若是開口，都是訓詞，把她當小兵當部屬一樣訓著。孩子出生後，訓話的次數更多，時間更長了。她記得家裡有一張老大一歲大的照片，孩子是站立的姿勢，她丈夫則拉住孩子兩手貼放身體兩側，她記得是她拍下這張照片，當時丈夫口裡喊著的是「立正」兩字。

怎麼會是這樣？

尋常夫妻，不是相依相偎，談的是家裡孩子的點點滴滴，說的不是生活中的瑣瑣碎碎？怎麼她的婚姻是只能服從、接受？

她在不知不覺中被訓練成不敢反抗，其實倒不如說她是懶得開口和丈夫爭。她原先只想要息事寧人，不吵不鬧的過日子，但是長期下來，忍氣吞聲的結果，卻是讓丈夫坐大了威風。

尤其島內由台灣人當家後，她丈夫更是跩得很，一副「妳看，我們多有辦法」的樣子，好像在上位者便是他的什麼人似的。

再後來，他丈夫開始想要自行創業，他總說：

「我們就是要自己當家做主，不然吃人家頭路，賺的都是老闆的，我們做得要死要活的，還是領一份死薪水。自己出來創業，所有盈餘都是自己的。」

「但是做生意哪有穩賺的，還是有虧損的風險，如果是虧了怎麼辦？我們又不是很有積蓄的人。」她這麼說，無非是要提醒丈夫，做生意沒有永遠是獲利的。尤其丈夫過去從事的是R＆D的工作，業務他是外行。可這話她丈夫聽來是扯他後腿，他極是不悅的開罵：

「妳是怎麼了，我都還沒開始設立公司，妳就詛咒我，我還沒看過這樣的老婆。」

「我不是詛咒你，只是提醒你再好好評估一下開公司的必要性、可行性，因為商場上多的是奸商，潛在風險很大，你這樣的人怎會是人家的對手？」

她不說還好，這一說她丈夫更是火冒三丈。

「我這樣的人是怎樣的人？妳說呀。我就不信我沒那個能耐經營一家公司，妳等著看吧！」

她丈夫好像是賭氣似的，動作超級快的，不出一個月的時間，就把公司執照和營利事業登記證申請了出來。

她這才明白大勢已去，從此她是商人婦了。

她就是不願嫁做商人婦，才會在眾多追求者當中，捨棄唸商學院的男生，而選定他這個學習工程，剛毅木訥，應該是從事研究工作的男人。

誰知道，要逃也逃不開。

她一想到商人重利輕別離，心裡就一陣幽幽痛楚。早先他都已是無法輕言細語了，再開了公司做了生意，不是更……。

她的預感果然應驗。她丈夫連在高科技公司的工作要辭去，都沒有和她商量，突然一天回來，跟她說已經辭了工作。她整個人呆住，覺得往後的日子是浮動的，不知他們的生活憑藉將在哪裡？她無法理解，丈夫怎能那麼樂觀看事，還是他根本也把他們母女的幸福，一併下注賭了下去。

丈夫自己創業時，是在他們結婚第九年的時候，那年她才三十三歲，兩個孩子也才一個上小二，一個還是三歲多的奶娃，都還得費心照顧。

但她丈夫卻是要她幫忙公司的經營。

一開始，她只是偶爾幫他處理一些進貨倉管的事，可是她丈夫好像並不滿意，總板著一張臉，她一看到丈夫寒著的臉色就越是膽顫，越膽顫就越害怕丈夫挑她缺失，她賣力的做，又要兼顧兩個孩子，尤其小女兒還不及四歲，又沒讓她去上幼稚園，其實是為了省下一個學期一萬元的註冊費，和每個月幾千元的月費。而且丈夫又才開始創業，訂單在哪裡都還不知道，她總得省著花用。可她這份賢慧，她丈夫沒法感受到，他總想要她全心全時段的奉獻給他的事業。

「不必花太多心思在孩子身上，現在是我的事業比較重要，妳都一副無關緊要的態度，真不知妳在想什麼？」

「孩子還那麼小，小菁才小二，小卿更小才三歲多，我不照顧怎麼行？」

「孩子有吃有住有穿，就夠了。我的公司，沒多放些精神在上面，怎麼會有訂單？沒訂單，看你們吃什麼？」

確實，公司沒訂單就沒營收，沒營收就沒利潤。可是，那不該是我的責任啊！又沒人要他把好好的工作辭掉，為什麼他創業，當太太的就得和他一樣一頭栽下去。我可不可以，只是好好扮演妻子和母親的角色？可不可以，不要當個三頭六臂的怪獸？可不可以單純一點過活？她心裡的話，丈夫是聽不見的。

但她還是勉強自己盡量配合，可是日子越來越辛苦。因為她丈夫從沒想到該給她生活費，好像政黨輪替後水電瓦斯都是政府德政，魚肉蔬果都是社會福利必有的配額。以前她丈夫在科技公司上班，薪水直接匯入存簿，她管著家裡花用。那也是她會盤算著過活，才能扣除基本家用，固定給公婆的零用，再繳個房屋貸款，她還能每個月存下兩萬不等的數目，九年下來也有兩百多萬的存款。但是丈夫公司開始要運作時，就要她把存款撥出做周轉金。

近些年來，媒體總是誇大報導科技業，又是分配了多少股利，又是安上電子新貴的名號。其實那也得押對注，進了穩賺且賺得多的公司，要不然倒掉的公司也是有的。偏她丈夫的同學都押對寶，一個個坐上執行副總或總經理的寶座。

她始終不明白，她丈夫是真要創個事業，還是輸人不輸陣，不想輸給他那些的同學？

「妳看，他們就是早點出來闖，如今才能身價非凡。」
「賺得多，就一定好嗎？」
「錢，妳不要嗎？妳會嫌多嗎？」
若不是她丈夫盯著她瞪，她還真想跟她丈夫說，錢，夠用就好。不過，眼前她看著存摺裡的數字縮水到快看不見，還真是想要錢多些。
她又不敢開口跟丈夫說家用不夠，她知道她丈夫是非理性的動物，她知道他會說：「誰說家庭開銷要做先生的負責，家，是兩人共同組成的，太太也有責任……」
她不想自討沒趣，只好自己想點辦法。
生活的苦悶，讓她提筆寫下心情，也才靈機一動的嘗試投稿。再回復讀書時代的塗鴉，她心情輕鬆一些，尤其是當稿子被接受，登出來是一種心靈滿足，當接到稿費時，那才是真正的滿足。
但生活真的太苦了，經濟拮据到，她限定自己一天菜錢一百元。她買三層肉，再費心慢慢將肥瘦分出來，肥的部份炸豬油，豬油渣炒蘿蔔乾加豆豉，鹹味夠，好下飯，瘦肉部份或炒或煮。青菜她挑便宜的買，像是空心菜，她就可以菜梗炒辣椒是一道菜，葉子部份清炒蒜頭又是一道。就算她是這麼儉省的過活，有些時候總還是超出預算，公婆來的時候，她就不能太寒酸；颳颱風淹大水的時候，菜價飆得奇高無比，她是怎麼也買不下手。
陪著丈夫創業，一路這麼辛苦，如果丈夫還懂得憐香惜玉，偶爾說些體己的話，她充其量只是會覺得對不起兩個孩子而已。可是偏偏丈夫總把業務不佳，公司營運無法長紅怪罪在她身上，她實在難以忍受了。

幾年來，她燃燒自己的生命，身兼數職的奉獻。長期的身心煎熬，睡眠不足，結果是瘦得兩頰凹陷。她自己無法豐腴倒不是最痛，她心痛的是，手頭的不充裕，把兩個孩子也養得羸弱。更痛的是，孩子有時跟她要些什麼，她總是跟孩子說上一堆大道理，無非是要孩子體諒她的經濟狀況。孩子雖然當下都會噘著嘴巴，一臉委屈不高興，但她真是無能為力，孩子也只好認了。

有一次，她帶孩子去大賣場買米，老大小菁想買一張流行的ＣＤ，老二小卿想要一盒新的彩色筆，她左右為難，小錢包裡只有四百元，一包五公斤的米最便宜的是一百二十九元，再扣掉買菜的預算，她若買ＣＤ給老大，就沒法買彩色筆給老二。她向老二說：

「小卿，家裡那盒舊的彩色筆還能用，等下次媽媽有錢再買新的給妳，今天媽媽先買ＣＤ給姊姊。」

「為什麼姊姊就可以買ＣＤ？」

「媽媽答應姊姊，如果她考進前三名，就買她要的ＣＤ給她。」

「那，我上次第三名，怎麼沒有獎品？」

「等我有錢的時候……」

「每次妳都嘛這樣說。」

「……」

她若是有能力，怎會讓孩子這麼的委屈。孩子的氣還鼓在臉頰上，她的眼淚已經在眼眶裡打轉。她不想讓兩個孩子中的任何一個傷心，她試圖說服老大：

「小菁，妳是姊姊，比較懂事，今天不要買，不然妹妹也吵著要買東西，妳讓媽媽欠著，好不好？」

小菁雖然點了頭答應，但她看到小菁眼神裡的哀怨，心裡驚惶不已，那不是自己嗎？怎麼才十來歲的孩子，就要體會生活的苦澀？她真是不忍也不捨，更有深深的自責。

也是這時，她開始積極找尋各種投稿管道，她告訴自己，只要有穩定的寫作收入，她就要帶著孩子離開丈夫，她要給孩子愉快不緊縮的生活。但常常是稿子一投，失蹤似的等上兩三個月，甚至更久都有。

這回，碰巧遇上了徵文比賽，她廢寢忘食努力創作，就是希望能有出人意表的收穫。

可是，現在一切都落空，得獎希望落空，離開這個家的希望也落空了。

刊登二〇〇七年一月三十、三十一日《金門日報・副刊》

畫眉

男人的手拿著眉筆，會是怎樣的形態？

她腦中始終有一幅圖畫，男人左手輕輕托起她的下頷，專注凝神的為她描摹一雙柳眉，她則是微仰著頭臉，微閉雙目，靜靜承受那一種藉眉筆傳遞的溫柔。

她常常想著，如果她的男人會輕執眉筆，為她淡掃彎彎柳眉，會不會有張敞為他妻子畫眉的那份美麗？

她不知道，她甚至不知道張敞畫出的眉有多美麗，只能從書上讀到。但她相信那是美麗絕倫的一雙眉，因為書上說長安城內都傳說張敞為妻子畫的眉，嫵媚動人。

是啊！淡掃的蛾眉該要嫵媚動人。

女人的美就是該帶著嫵媚，她不知道自己算不算得嫵媚？

或者經過男人的眼、男人的手，才能成就女人的嫵媚。

但她還是無法肯定，一直都沒有男人經由他們的口這麼告訴她。

要不，男人也可以用手讓她散發嫵媚吧！她盼著她的男人會是張敞。

少女時代，她讀古代書典，每讀到蔣坦和秋芙的小故事，總浮現蔣坦對秋芙的愛。「秋芙拗花簪鬢，額上髮為樹枝掯亂，余為蘸泉水掠之。」蔣坦寫得一點也不輕佻，她讀到滿滿的男人的疼惜。

不定時她總落入那男人為心愛女人拂整亂了的髮絲，是怎樣心絲細膩的男人？是怎樣疼惜女人的男人？

自古以來，男人的手做盡千百種偉大事業，但留在女人心間的永恆，卻只需是這般的疼惜就好！

她那時只想遇見這樣的男人，只想終其一生有個男人將她捧在手上疼。她的身邊不乏追求男士，她細細觀察，哪一雙手是允文允武的手，是可為她撐起一片天，也願為她撥開亂髮，更可能是為她畫眉的手？

後來她和男友交往，她會對男友說些古時夫妻恩愛的故事，像蔣坦為妻撥髮、張敞為妻畫眉等事。那時男友聽了微微笑著，她以為他透析她的心思，因為他在信裡為她寫詩，也在信裡讀她寫的文，以致她就這麼的掉入自己一直以來誤以為的浪漫氛圍裡。

其實她還誤將畫眉看成等同夫妻鶼鰈情深的寫照，所以深深盼著，盼著有朝一日，她的良人為她執眉筆輕描，在她都還不曾學會自己掃出彎月柳眉時，她就這般夢想著。

從來她就沒打扮自己的習慣，大學裡看到來自北部的女同學打扮花枝招展，她並不羨慕。她想男友對她的愛，不是因為臉龐上的彩妝，她依舊端出一張素淨的臉，在男友的面前。她想男友愛的應該就是她的自然不做作，最自然的呈現就是最真的心意。

她算是眉清目秀的女孩，兩道疏淡不零亂的眉，秀秀氣氣的貼在前額。面相學上說，女孩的眉不宜過濃，女孩若是生了對太過濃密的眉，也就顯示出這個女孩性情剛烈。

她一直是柔順的，沒有脾氣似的就像臉上那兩道眉，無所求的貼在眼睛上方。從小她就是父母說的都好，老師說的都好，她一直沒有自己的意見，到她戀愛的時候，也是男友的意見就是對的，婚後更視丈夫為她的天，她柔順得完全沒有自己。

她的瓜子臉上前額平坦，鼻子挺拔兩顴不高，以面相之說，算是吉相，也不會奪夫權。婚前她溫柔婉約，婚後她伺候丈夫無微不至，凡丈夫所說，她都不生疑慮，百分百相信這個枕邊人。

可她的丈夫一直不曾為她畫眉，從婚前到婚後聽她說過多回前人恩愛的故事，而那時她也還不曾為自己淡掃蛾眉。

如果是自己從來也沒想到拿眉筆輕輕描摩月眉，把一彎月眉繪出魅惑她的男人，那麼渴望男人為她畫眉的心願，恐怕更是癡人說夢。

一回，她的大學同學不經意說的話，觸動她練習畫眉。

「三十走眉運，真是倒楣，還不得不信啊？」

那年她同學正交運，剛剛跨進三十歲關卡，生活就起了波瀾，同學丈夫早與秘書暗通款曲，心已是二了。

同學說起婚姻總是慨嘆萬千，憤憤難平不停傾訴，她一直沒機會近身仔細研究同學的眉。倒是有了細細端詳自己五官的契機，這才發現自己右眉上有一個小小疤痕，她心一驚，莫不楣運也將臨到自己？眼看過了年自己也將跨進三十大關。

會嗎？她心神不寧，因為同學的一席話，因為自己眉間的一個疤。

而這大約是孩提時代摔傷留下來的疤，可能會左右她的婚姻幸福嗎？她雖然質疑，卻也擔心。難道，一個女子是不是倒楣，真會嵌在那小小疤上嗎？

她怎麼也想不起來那個疤，是在什麼時候、什麼情況下造成的。一如後來她無法明白丈夫的心，從什麼時候飛出去、飄遠了？

原來三十走眉運，確實早在面相中透露了。她也和同學一樣，才剛進入三十歲，情感婚姻便失了序。

該如何避開呢？

是不是右眉上的疤痕去除了，就可以解決婚姻的難題？

她左思右想，該怎麼讓眉上的小疤隱身呢？

畫眉，她恍然大悟。

從那時起，她外出必定畫眉。慢慢描摹，必得畫上兩道彎彎柳眉，絲毫看不出右眉上的小疤，她才要出門。

她一直是用黑色眉筆描摩她那細柳似的眉，再以眉刷淡淡掃過，連她自己都覺得畫過眉的她，整個人精神奕奕，都亮了起來。

她想，丈夫會看見神采飛揚的她才對。

然而，眉，她依然日日淡掃，卻還是掃不去讓她生活黯然失色的因素。疤依舊在眉色之下，丈夫依然在他的蝴蝶花叢間來來去去。

而她，更認真畫眉。

後來有個美容師建議她以咖啡色眉筆掃出柔一點的眉，那美容師說：「妳的人柔柔的，用咖啡色的眉筆畫出來的眉比較柔，看起來更美、更嫵媚。」

看起來更美？那就讓丈夫的眼睛看到她的嫵媚吧！

她接受美容師的建議，改用咖啡色眉筆畫眉。

說也奇怪，自從換了眉色之後，她的心情除了開朗之外，還多了輕靈，好像回到懷春少女年代，再不會只鑽入丈夫野遊的牛角尖上。

咖啡色淡淡如柳的眉，彎月般在她美麗的眼之上，真在無言中流散嫵媚，但是他看出了那一絲典雅，不是她的丈夫。

她從他明亮有神的眼眸中，看到了自己的嫵媚。

於是，她想望，他左手托起她略尖的下頷，以他書生式的細長手指輕輕托住，右手輕執那一隻咖啡色眉筆，由眉頭處緩緩向後掃出彎柳似的眉，再以眉刷淡淡刷出，屬於她的靜雅。

可她一直都不曾陶然於這種況味。

除了夢中畫眉，她還能有什麼？

刊登二〇〇七年二月十三日《金門日報‧副刊》

沒事

沒事。

真的沒事嗎？

不預警突如其來的地震，怎會沒事？

對於自己在電話中對他說「沒事」兩個字，事後她一直耿耿於懷。怎麼會沒事？自己心裡不是一直都放著這件事，想他的這件事。尤其沉寂很久的地殼搖動，再一次沒讓人有所心理準備的，就兀自天旋地轉地起來，她念念他是否平安。

這確實是她心中的事。

然而，分手到底也是確實的事，自己究竟是放不下什麼？

他一直沒回頭來尋她，她也不曾去打擾他，日子很平靜的流過七百多個日子。只有她自己知道自己內心裡翻滾不已的心緒，一如深藏在地球中心的熾熱熔漿，只在地球這個球體的中心撞擊搖盪。會不會有一天衝破地表，破壞了原來寧靜的地球運轉？

原來的生活狀態是不容破壞的，她自己也清楚這個定律，可她那股強烈意念常撞擊她心痛，再痛還是得按捺下來。

生活秩序不得不顧，即便是她不想顧自己的，也還是得考慮到他的。就在自己的軌道上安身立命，小心不要跨向兩人之間深不見底的海溝。

分手後，她仍然關心所有關於他的一切。有時她會上網搜尋，知道他仍在原服務機構，甚至是原單位原職務，當然電話也仍是原來那一線。

儘管想念他，儘管很想知道他的近況，但她還是依循如天體運行般的法則，不曾去拿起電話撥下他的號碼，整整兩年都不曾。

可為什麼歲暮之際突然失控？是累積太久的能量，該要有放掉的出口？一如向來平靜的恆春半島，在一年將盡的週二夜晚，讓島民措手不及的翻個身。是這個突如其來的地震，把她一向的矜持震垮，亂了她的思緒嗎？否則，她怎會那麼突兀的撥電話給他？

那天在接近下班前，她沒多做考慮的在電話按鍵上按下屬於他的號碼，她原不認為他會在辦公室，甚至想著他該是早回家了，要不就是出發度年假去了。卻不想，電話很快被接起，完全出乎她的意料，不是她腦中想的那樣。

電話被接起後，他那一聲「你好」依然如昔，兩年歲月沒為聲音增加滄桑，仍舊是他們交往時期的斯文，只不過少了一點什麼，她後來才想到，是少了一些以往接她電話的雀躍。而她在他接起電話的當下，在自己怦然心脈中難掩喜悅的回給他的也是「你好」兩字，連著兩聲「你好」之後，竟是沒有任何脈絡可依循，她能讓他知道什麼？她想讓他明白什麼？一切不是已經成為記憶？後來她竟能感覺到自己聲音裡的興奮，是高興地震沒損壞到他？還是他應該也聽出她的聲音不是偽裝的歡喜，一如他們在一起的時候？

只是接下去該說什麼？句號早已畫下，為什麼又要擦拭，企圖更改成逗號？

她不知道，她原只是順著感覺走碰碰運氣，心理一點也沒預做準備。他顯然也是被她這個電話驚嚇到了，一直無語。那一剎那，她的歉疚感全湧上心頭，本來該要很禮貌的請問他「地震可有影響？你可好？」卻是在慌亂之中，匆匆拋下「沒事，只是要祝你新年快樂。」

真的沒事嗎？真的只是祝福不含關心？

不，她想她這通電話是撥錯了，她讓他原本平靜的日子，迴盪起一波波的水紋，絕對不會是湖裡只擲入一顆石子。

規模六點七的地震，也還是讓島內人民，尤其是南部地區的人民，驚慌了一兩天。她想自己的這個電話，震撼力大概不亞於那個恆春半島百年來最大地震吧！否則，以他那麼聰敏的人，怎會驚得啞然？

她覺得對他抱歉極了，可是這聲抱歉她卻不能說出口，不能再撥電話破壞寧靜了。

一切要慢慢再回歸正常生活，真的只能，沒事。

刊登二〇〇七年三月十五日《金門日報・副刊》

陽關三疊

年輕的她愛吟詩，世故的他愛她如詩。

閒來，她在他耳畔輕輕吟唱王維的〈渭城曲〉，才吟出一句「渭城朝雨浥輕塵」，她輕靈細緻嗓音就沁涼了他燠熱的身，他突地摟住她如柳腰枝，再啄了一下她雪白粉頸。順著她那句詩的尾巴，他接著哼出「客舍青青柳色新」再輕吻她粉頰。她被逗得心喜，卻又嬌嗔，「討厭，人家唱詩給你聽，你還故意調皮搗蛋。」

「好好，不搗蛋，我乖乖聽妳唱。」

她睨了他一眼，再度讓鶯聲出谷：「勸君更進一杯酒……」

才只吟出一句，冷不防的，他吻了她塗滿酒紅色唇膏的雙唇，害她那一段拉長板的「一杯酒」硬生生卡在喉頭。

他吻得激烈，舌尖滑蛇吐信的探入她櫻桃般的小口，她愣了半秒便迎上，而後軟泥似的交纏一起。詩裡的一杯酒都還沒倒出來，反倒先嚥下了混雜他的唾液的口沫。好一會他才緩緩地自她雙唇離去，陶然就醉的神情，留有意猶未盡的曖昧，他是想著好好品嚐她這罈未開封的美酒，可他也清楚對她是急不得也。

「我飲了一盅好酒」他悠悠說了句。

霎時她雙頰酡紅羞人答答，一邊輕搥他的胸膛，一邊嘶嘴嘟囔：「你真壞，把人家口紅都吃掉了，還說是喝了酒。」

他摟著她腰身的手加了手勁，她於是貼近他的胸膛，他順勢握緊她細緻的手，送向自己

的嘴唇，柔情一吻，再說句，

「妳真是一盅又濃又香又醇的酒哪！」

她怔怔看著他，他唇角漾起勾人魂魄的笑意迷離難懂。她習慣人家說她如詩如夢，不食人間煙火，從來不曾有人以「酒」這辛辣的字眼形容她。現在，他用他的嘴打破了往常人們給她清純的塑雕，他給她異於常人對她的評論。他雖然不跟她談詩說詞，但他懂得靜靜欣賞她吟唱詩詞的風情。

他知道她是一甕好酒，他相信只有自己懂得品嚐，但他勢必要挑起她沉於身心深處不曾疏通的暗流，一如開啟一瓶陳年美酒時，得細心操控開瓶器。

「妳剛剛不是唱『勸君更進一杯酒』？是妳叫我喝一杯酒的呀！我才剛開始輕嚐而已，我還要喝個酩酊大醉呢！」他說著，輕輕舔舐她光滑肩頸。

她一酥軟搖晃了身子，雙手一伸自然圈住他的腰，倚在他懷裡愛嬌著：

「那只是一句詩，人家哪有叫你喝一杯，而且，我也不是酒，我是人哪！」

「妳沒聽過嗎？『酒不醉人人自醉』，妳啊，比酒還迷人，我不喝都不行呢！不信？我喝給妳看。」

話才說完，不等她反應，他又將自己豐潤的唇貼上她畫滿紀梵希６０２號酒紅色的唇，如飲葡萄酒釀。

她向來安靜乖巧，此刻他說飲她這罈酒，其實她反感覺被他濃烈的酒氣嗆得微醺了呢。

她陶醉在他熱切的親吻中，一股烈酒入喉後的燒灼感直由腹腔衝出。不自主的靠他更近，整個人貼上他的身。他並不急躁，他知道自己正煽起她未曾燃燒的火種，他必得小心翼翼的添薪加溫，慢慢讓她熱成沸騰。

他順著她的背上下摩挲，再順勢滑下她緊實圓潤的臀部，用勁一把抱起，她就坐上了他的大腿。他再將她扳個身，側坐的她，上身一轉便向著他的臉。她羞得直想找個地方躲藏，卻偏是只能在他圈起的雙臂間扭動，怎麼逃都還是被他攫住。

他將她摟得緊緊的，她只能將自己埋首在他肩頸間。整個人倚著他的身，她聽見他急促濃濁的呼吸聲，也聞到他男性濃烈的氣息。他在她耳後輕輕吹拂，吹出一股溼熱，擾得她心脈跳動不定。

她的一顆心砰砰跳動，就快跳出胸口。她燥熱的身體，像是飲過千杯，醉了千回萬回。她從不曾如此貼近一個男人，成熟的男人。啊，是初出的陽關惹來的禍？

他在她耳畔絮絮不停，「妳唱詩的模樣很撩人，害我……害我一直想要妳。」她震了一下，體內的熱流被他攪拌得滾燙，就要潑灑出來濺上自己了。

她心裡怪他把話說得那麼白，害她更不敢面對他，只得再往他懷裡深處鑽。閉緊雙眼的她，以為沒看到他炙熱的眼，便能躲開燒灼，避開熱燄焚身。萬萬沒想到，雙目微閉，朱唇微啟的她，更顯幾分嫵媚妖嬈，反而誘得他漸是按捺不住。他蜻蜓點水似的輕吻她雪白粉嫩的頸子，吻得她茫茫然。

他的手緩緩探進她裙襬，沿著她細滑的腿往上慢慢推進，她的身體有所感，卻無力讓心飛離。她從不知情愛之美是如此教人癡迷，兩情相悅是如此酥人心胸，在他的挑弄下，漸漸從清純的睡夢中甦醒過來，她寧願醉在他懷中，縱使褪盡所有的羞慚。

他讓她輕輕斜躺沙發上，他撐著上身俯視她純潔臉龐下，那具魅惑迷人的成熟女體，她起伏激烈的胸脯，彷彿酒罈裡搖晃的汁液，誘得人不得不取杯斟酒來飲。他明白她體內的熔岩正要滾滾流出，他要帶領她見識人間最美的泉湧。他俯身吻她，由輕柔漸而激烈，她雙手緊攬他的頸項，由嬌柔而激情的回應。

他雙手一掀，將她襯衫與胸衣齊往上推，他俯下輕吮那如枝頭輕顫的花蕊，沒來由的想學她吟詩，卻是吟出了「春來發幾枝」的詩句。她應聲嬌喘一聲，此時他正解下她的裙子，她蕾絲底褲刺激他的本能，緩緩為她卸除最原始的矜持。他一併解除自己身上的束縛，再以長跪姿勢膜拜聖典，然後他將過關斬將長驅直入，在她夢囈似的接續吟唱出「勸君多採擷，此物最相思」之時。

他一進一出來去從容，她恍然想起自己原是為他吟唱王維的「渭城曲」啊，怎成了「相思」呢？那浥著輕塵的朝雨飄在何處？她扭動身軀欲睜眼尋找，正飲著她這甕酒的他，卻是給鼓舞著迎合如浥輕塵、如斟醇酒，就這片刻她飄飄欲仙的再一遍吟唱「渭城朝雨浥輕塵，客舍青青柳色新，勸君更進一杯酒，一～杯～酒……」在他顛狂如奔仙境，直達雲端前，她霏霏淫語間正吟出詩的末句「西出陽關無故人。」

刊登二〇〇七年三月十六日《自由時報・花編副刊》「都會男女小小說」

春夢

把情人送回家後，他高昂的脈動這才有了喘息的空間。

他的情人好像故意要逗弄他似，一壘二壘三壘都跑遍了，最後關頭上，她總是搖頭說不，害得他體內那座噴泉，一直找不到出口。

他把自己拋進沙發裡，喝杯冰涼飲料消消火。不行，不能老是讓她吊我胃口，下回一定要讓她自己乖乖貼上來。他想著想著，唇角泛起一絲滿意笑容，彷彿已經見到情人在他眼前自動寬衣解帶了。

稍一恍神，一雙柔夷般細緻手臂從沙發後面伸來摩娑著他的胸膛，他才要轉頭去看，一張熟悉的臉孔就貼著他滿是鬍渣的腮幫子，不是別人，是他的情人。

呃？不是才送她回去嗎？怎麼……

還來不及細想，情人在磨蹭了好一會的臉頰上獻上一吻給他。他一時心喜，暗地裡喃喃自語，妳終於明白我壓得多辛苦啊，我可是正常男人啊！他的情人沒開口說話，只一逕的從他臉頰吻到肩頭。方才喝過冰涼飲品好不容易將熄的火燄再度燃起，連他的小弟弟都一直要抬頭看看。他趁隙轉過身去，迎上的是眼媚心嬌，嘴角微揚起一彎新月的情人，她那笑容，直勾得他迷醉茫然、心神蕩漾。

他伸手將沙發後的情人拉往沙發來，再將情人攬抱胸前，他嗅到混合著洗髮精和香水味的體香，管它是毒藥還是無患子，總之這香氣已經把他的神經挑得莫名的興奮起來。

他是對香氣毫無抵抗力的人，不論搭電梯，或是在辦公室，那一陣陣來來去去，從各種女人身上飄出的各式香氣，都能抓住空隙逗弄他，惹得他得在心裡默默頌著「觀自在菩薩，行深般若波羅蜜多時，照見五蘊皆空，度一切苦厄，舍利子，色不異空，空不異色，色即是空，空即是色，受想行識亦復如是……」才能讓心脈慢慢鎮定下來，好進行他該進行的公務。

香氣催情的說法，他深深相信，他也說給情人聽過，情人因此每次約會前必洗頭髮必抹香水，故意挑撥他神經裡最不堪撥弄的區塊，他便會情不自禁直要成了覓尋獵物的豺狼，可他情人卻總在緊要關頭哀兵求饒，箝制住他守護弱者的本性。

這樣的戲碼反反覆覆上演過N次，他兵臨城下也N次了，可就不曾有過攻城掠地的輝煌戰果。所有的高潮迭起都只在幻想中有過，再不就是躲在夢境裡和情人合歡。不論是無聊白日夢，或是深夜中宵的春夢，他都視作一種形而上的單兵作業演練，他甚至想等自我操練技術純熟了，終有一天真槍實彈上場時，戰果必定驚人。原因無他，他可是專程去買了《印度愛經》、《西藏慾經》，回家猛下工夫仔細研讀呢！

這下可就對了，對他的考驗久了，情人還是不捨的。難得今天情人主動投懷送抱，比起平時妖嬈許多，從流轉的眼波中不斷拋出狐魅，一會兒挑眉一會兒瞟眼，他的心迷醉得花枝亂顫，整個人酥軟無力，唯那平日藏身不見的小弟弟，這會兒神勇的舉旗擎起一片天，彷彿正嚷著「我現在要出征」哪！

要命哪！情人這件襯衫的釦子奇多，每解開一顆鈕釦，小弟弟老想向前衝一下。唉，不行、不行，乖乖等，得等七顆鈕釦全解開了，再放你出來唷，小弟弟。

幸好情人今天是一反常態的配合，由著他解開鈕釦卸除襯衫，再解下把臀部裹得緊緊的繡花窄裙。他先前想過情人又翹又圓的臀部，絕對是夠力的馬達，可現在這條緊身窄裙就像勇士戰袍，讓他費了好大一番工夫才沒扯破。

他已經一身汗水，汗水從他低垂的頸子滴落，緩緩匯成一條小水蛇，不偏不倚地鑽進情人光滑肚皮上的肚臍眼。他盯著瞧出了神，不禁泛出一絲滿意的微笑，他覺得好像自己的一部分已經進了情人的體內。也就這一瞧，視神經鼓動他快快展現雄風。

情人好像也被他的汗水搔得心癢難耐，熱情大膽的舉動，與她過去的矜持完全兩極。那條水蛇好像又從情人身上鑽出似的，一會兒滑膩，一會兒吐信。他心頭掠過一絲疑雲，怎地，前半夜與後半夜，情人就判若兩人？是十五月圓引動的關係嗎？咦？若真是與月的圓缺有關，那不該是自己化身狼人？

他瞧著懷裡情人陶然沉醉，不由得嘿嘿兩聲，今晚妳可別再說我是大野狼喔！他滿心歡喜的一手遶至情人後背，摸著情人胸衣的小扣鉤，左推右掀就是動不了那個不起眼的小東西，越是焦急越是不得其法，索性兩手一齊用上，還是無法去除屏障。

就在他滿頭大汗之際，情人自動卸除半罩式褻衣，他不可置信地看著自動棄械投降的情人，只覺今晚真是花好月圓哪！一低頭眼前便是峰峰相連，溝壑清楚的風景，霎時渾然忘我。情人看著他傻愣子似的，嫣然一笑，萬種風情於是飄得滿室迴盪。

平日裡埋首苦修的愛經、慾經，這時該要派上用場，倒是從何處下手呢？情人雙掌護著藕色圓球，這是欲迎還拒，還是又要來個陣前掛上免戰牌？他呼地吐出一口氣，都到這地步了，可由不得妳再搖頭說不行。他雖是意志如此堅定，也還是躊躇在該要好生溫熱情人一爐火，還是不管三七二十一，快狠準的成就霸業？

他才低下頭去將要揚鞭，情人腰如馬鞍擺動起規則律動，出其不意的就加大擺動的幅度，情人的長髮還因此擦過他的臉頰，輕輕滑向他不停沁著汗珠的胸膛，情人企圖為他舐乾，柔軟的唇貼在他身上時，他心醉神馳通體舒暢。

上半夜情人還矜持如聖女，這時卻是從不曾有過的放浪。他內心裡狂亂呼喊著，就是要這樣，我就是要這樣的情人。情人倒也十分配合地繼續取悅他，他從來不知道平常嬌羞保守的玉女，在月圓之夜也能蛻變成搔首弄姿的慾女。

弓起身子，他的手正可向前掬起一把軟香。把握時機，他就要航向深邃的湖心。他瘋狂親吻情人每一吋肌膚，他要讓情人抗拒不了從他體內迸裂的滾燙岩漿，他更想和情人從熔岩裡燒滾進溫柔鄉。他用力攬抱情人，馳騁在曠野上。

靜夜裡突然劃破的一陣電話鈴聲，驚醒夢中人，緊摟著抱枕的他，一眼瞥見沙發上的《印度愛經》，拿起話筒，卻是情人在電話彼端嬌媚問著「想我嗎？」

刊登二〇〇七年四月六日《自由時報・花編副刊》
「都會男女小小說」

青絲

「長髮為君留，短髮為君剪。」

她記得他跟自己說過這樣的話，現在，短髮長髮還有關係嗎？該怎麼留住他？能夠留住他嗎？細密如絲的髮可不可以？

她想起那年兩人情愛正烈，她送他一綹青絲。那時她想著的不是留住他，她想著的是，要將自己身上的一部分交給他，和他，你儂我儂。

因那時他對她唱「你儂我儂，忒煞情多，情多處熱如火，滄海可枯，堅石可爛，此愛此情，永遠不變……」

她於是想著，可以回報他什麼？心？肝？如果沒病痛也能要求醫生切下一些送給他，她會願意的。儘管孝經裡說「身體髮膚受之父母不敢毀傷」，她還真願意為她的愛人，忍受錐刺切割的疼痛。

即便動機如此強烈，可她還是沒有過人的勇氣，連在身體某處刺上他名字的舉措都沒。不過，她到底還是給了他，她的身和心。

黑瀑般的長髮遮掩她害羞的胸，再錯落在他裸裎上身時，他讓她的髮搖擺成海上激起的浪潮，一波波推向他的頸、他的唇、他的眼。風平浪靜之後，她柔軟細絲般的髮，彷彿特地為他織就的覆蓋織品，貼著他的身。

「妳的頭髮真美真柔軟，要一直留著長髮唷！」

「都不能剪嗎？」

「呃？剪，只能剪到這裡唷。」他比了個長度。

從此，她的心在一次次水乳交融裡，化身絲絲縷縷穿透毛細孔，植入他體內了。她如此清晰知道，她想他應該也感知，在他體內的，她。

她無可救藥的戀著他，便會回想，最初，是怎樣的情絲繫住他與她？

那時，從到站車箱透亮的玻璃窗望出，她見到車窗外那個昂藏身軀的男子，就知，是他，是命裡迎她而來的真命天子。彷彿冥冥中有股神力，他也正回眸望向窗內，帶笑的眼，瞥見她微揚的嘴角。

那是兩人眼神交流的第一次，便已打破全然陌生的藩籬。之後，和他的心靈相通宛若命定，沒有矯情、不必做作，也不需藉由太多言語。她懂他深邃眼眸裡不語的情愫，他也明白她小心謹慎散放的愛意。

兩人的互動中他體貼、包容，每一件事他總是思及她的感受，每一決策總會參酌她的處境。她會想著：如此一個疼我、惜我、顧我、護我的男子，該用什麼來回報？

除了擁有她的身與心，她認真想著有什麼取之於自己身上，可以被他的大手掌捧著，觸著他刮修得毫無鬍渣的臉頰，貼著他溫柔的心，和他恆常相伴？那麼，應該是自己頂上這一片柔細黑亮的青絲吧！

她蓄髮經年，一直是過肩的長髮髮式，她知他喜愛撫觸那一片柔軟。於是她選擇在他生日即將來臨前夕，整理頂上流瀉下來的黑瀑。她細細計畫，用那剪下的髮絲，穿結成蘊藏她綿綿密密深摯情愛，好讓他收鑶生生世世。

她想他應該會喜愛的。

美髮師要把滿地亂髮掃除時，她提出撿拾散落一地髮絲的要求。

「我想要把剪下來的頭髮帶回家。」

「喔，做針線包不錯，針比較不會生鏽。」

美髮師這麼說的時候，她心頭掠過甜甜想法，「針不會生鏽」，那「情也不會腐蝕」吧！心一喜她說了，不是做針包，是捨不得蓄留多時的長髮，要好生珍藏，讓美麗恆常存在。美髮師除了稱許她是惜情戀舊的人，還貼心的幫忙用報紙包藏那一堆散髮。美髮師說：

「報紙吸水快，頭髮上的水容易被吸乾，這樣就能永遠保存。」

她想到他能夠恆常收藏她的這一綹髮絲，就覺得身心都移植到他身上了。

「用報紙包？」

「對，回去妳先用報紙把頭髮上多餘的水吸一吸，再用報紙包幾天，等頭髮都乾了再收起來，那就永遠不會變質了。」

「真的？都不會變？」

「對，沒有水份就能永遠不變。」

真好，永遠不變，就是她要的，感情。

是呀！情多處是不能和水稀釋，質純細緻的愛也不容染整，她就是要他不變質的愛啊。

回家後她當真依照美髮師教的方法處理，先分幾次用報紙把濕漉漉的頭髮弄乾，再用一大張報紙將看似乾了的頭髮層層疊疊包藏起來。包藏在報紙裡的髮絲經過多日的自然吸水乾燥，不再是沉甸甸的髮球，而是鬆軟清爽的髮絲。她仔細用心梳理那烏黑光亮、毫無雜色的髮絲，將那團髮結整編成一個輕巧髮髻，再像輕放一只精雕細琢的玉石，將它放置在她特別選購的典雅小紙盒裡。

她心想，這一份經歷剪、修、整、編，再妥貼包裝的生日禮物，透過郵務士的手傳遞到他手中時，他必然明白，他們之間這一份不需言傳的靈犀；他應該明白，他們之間的情會是綿長悠久的。

然而她的想法，他究竟沒有明白。

他離去後，打破的豈只是我儂詞的泥偶，還一併敲碎了她的一廂情願。

癡傻如她，即便她的一廂情願碎成泥灰，她依然無悔於，把自己送給了他，空相卻實有的心，以及能夠恆久收藏的青絲。

到這時，她還執著在，給他纏繞著愛的青絲，他該是要明白啊！

刊登二〇〇七年四月七日《金門日報・副刊》

背上的餘溫

她始終記得他雙手的溫度如何穿透她全身，即使距離那時已經多年了。

那是她冷清生活裡恆久不曾消退的熱度，不但補足她從小以來的缺憾，也帶給她繼續生存的憑靠。

她常想著，兒時母親抱她的手溫是不是也如他一般？可是她卻得費力去想，才勉強在意念裡觸摸到，母親的手好像也曾經抱過她。那個感覺非常薄弱，如同透明到幾近無物的蟬翼。她想，小時候索求母親的懷抱時，母親在哪裡？會不會像他時時在身旁一樣，至少那幾年是如此的。

和他在一起那些年，他雙手的溫暖，足夠讓她暫時遺忘，遺忘從小想要找尋的母親的溫暖。即便是兩人初初交往，他只握住她的手，她都能明顯感知一股暖流奔騰進入心裡，那是一種她的生命裡一直缺乏的熱度。爾後，他雙手捧著她清瘦的臉，傳遞給她更多適合她的，屬於親密關係的體溫，也漸漸豐潤了她那張臉。

她終於明白，最親密的人，手是給予另個人撫慰，不是只環抱自己。

那次他參加老教授退休歡送會，下榻在她的城市。

晚餐後，她囁嚅著向母親說了。

「媽，有個朋友從北部來開會，我去見他，很快就回來。」

「……」

母親雖不置可否，但嚴厲的眼神彷彿利刃，將她剮成細細碎碎，一如過去三十年。

她，不寒而慄。

她是去了他下榻的飯店，但始終怯怯，好似母親隨時會從身後揪她回家。整個晚上，她一直是忐忑不安的。

母親若出聲喚住她，或是疾言厲色指責她，她都會很清楚的知道，母親究竟是在意她的，並不是將她視為母親悲慘生命的劊子手。

然而，她母親並沒有柔聲喊住她，甚至連疾言厲色嚇阻也沒有，除了眼眸中的冷然，那份從她出生之後，一直含帶在眼裡的冷淡。

從小她就知道自己不受期盼而出生，她也知道她出生在母親最困頓的時候。她的原罪是，有個不負責任的父親，不巧又正是母親不想要的女兒。

遇見他，他是她心裡盼著的父親與母親。

他懂她，懂她與生俱來的焦慮，懂她從沒被圈護的安全。

那晚，他到她住家附近接她，先遊車河，讓她慢慢從她母親的餘威裡走出來。夜晚亮彩霓紅燈帶給她幾分迷醉，她索求在母親子宮裡最初的溫柔，也許他的胸膛便能補足她的缺憾，那時她想。

後來他攙她上樓，她覺得自己被高高的捧著，沒有畏怯，也就昂首和他上了電梯，進了他夜宿的房。他請她坐在房內的長沙發上，還幫她沖泡了飯店提供的即溶咖啡，然後對她述說他的想念。

從小，母親不曾在她下課回家後，輕聲問她學校裡的事，即便突然的颳風下雨，母親也不曾說過對她的擔心。後來她離家念書，返家時母親仍是如常寒得冷峻的臉。母親從沒問她外地過得可好，也沒說過想她，如這夜說盡思念的他。

她心頭流過暖暖的血液，那不是來自母親與父親的血嗎？為什麼這時才暖了？但不管原因究竟為何，她喜歡這樣的溫熱。

她含羞帶媚的垂首絞著雙手，點頭回應他的思念。就在彼此眼前了，相思的心緒還是滿潮似的洶湧而來，填補她向來就缺一角的心田。

倏地，他將她扶腰抱到他腿上，她嬌羞得將頭臉躲藏在他的頸項間，該是嚶嚶孩兒時，磨蹭著母親的肩啊！他的手撫過她的背，輕輕緩緩柔柔密密，一回又一回，他嗅著她烏雲般長髮，香氣直入了他的心深處，不是該母親嗅著孩子的乳香嗎？她心裡閃過這一念時，他忍不住輕吻她的秀髮，再吻著她白皙細長的頸子，他說「和妳在一起真好。」

她莫名的感動，因為他感受到她的好。

母親有否也那般親吻我的頸、我的頰，甜甜說著有妳這個孩子真好？她完全尋不到記憶了，尋不到母親疼愛她的記憶。晃了一下長髮，回到她心裡的念頭是，幸好，還有他。

她羞赧的紅潮慢慢褪去，她坐直在他腿上的身子，面向著他，頭臉高過他的頭頂。她雙手推著他額前的髮，一直往上推，彷彿要推出一片光明似的。

她極愛他的前額、他的髮、他的人。

他問：「檢查我的白頭髮呀？」

白頭髮？有嗎？他有嗎？年過七十的母親是真的半數白髮，他才將半百，對她而言不是老翁，是盛年。

「你沒有白髮。」

「有，染過了。」

他的話讓她笑了，笑得眼角含媚，又嬌纏著他的頸肩，整個人埋向他的肩窩。母親的臉又浮現出來，兒時，可曾如此和母親玩鬧？像尋常母女那般？

她沉沉想著時，聽到他在耳畔說到：「真想放掉一切，就跟妳在一起。」

「……」她無語，只是深情凝望。

我是至寶，他最珍愛的寶物，魚與熊掌，他要選擇我。她內心激越澎湃，自己是有價值的，是能被人珍愛的。

她無以回報，雙唇含著他的耳，輕輕說了句英文「I want to be yours.」

從今後，心是你的，身也是你的，只要你想索取，她在心裡向他許諾。

她感覺到，在她背上那雙他的手加了勁，將她緊緊摟住。他們之間沒有一絲絲縫隙，她完全貼住他的身體，甚至很清楚感受到他的溫度，他的溫度穿透他的襯衫、她的洋裝，毫不遲疑地竄入了她的體內。

就那剎那間，兩人脈動跳躍在，比平常大了點的吸吐之間。在她心裡，已然把自己完全交託給他了。

床，就在房裡一角，在他和她眼睛都瞟得到的地方。他明白她說那句英文的意涵，他知道她願意讓自己擁有她，心靈都與之相通的她，之外，還可以擁有她的身。

即使到現在，許多年過去了，她仍然記得，記得那個把風關在窗外的夜晚，記得自己企圖在他額頭推出明亮，記得他們和床保持的距離，記得他的手傳遞到身上的溫度，可她卻一直尋不到母親的餘溫。

刊登二〇〇七年八月二十七日《金門日報・副刊》

指甲剪下的夢

她的背包裡一直都放著一只指甲剪，已經十個年頭了。十年以前，她剛剛結束婚姻，被迫恢復單身的她，失婚的痛箝住她，她總是盼著有一個溫暖的肩膀讓她依靠，不然，有雙手或腳讓她握著也好。

有實體的肉身碰觸，生活才有踏實的感覺，她是這麼想的。

工作上因為和他不同部門，往常只是點頭致意，彼此知道是同個機構的成員，不過總也還是生疏的。直到她失婚後的落寞引起他的關注，他們才漸漸熟稔了起來。

因為他的關心，她便會談起過往生活的點點滴滴。

她向他說起，以前在家裡幫丈夫修剪指甲的生活瑣事。她看見他發亮羨慕的眸子，在她持續撿拾這些指甲屑屑似的往事時。

「他都手一伸，說了句『嗯，指甲長了，剪一剪。』我就會拿出指甲剪幫他剪，剪完了手的指甲，他的腳就會自動往上抬，還得幫他剪腳趾頭呢！」

他感覺得出來，她不是埋怨，她是沉醉在自己陳述的情節裡，那種細微的愛的滿足裡。在他眼裡看到的是，她握著自己心愛的人的手，甚至是捧著他的腳，為他修剪那小小薄薄的指甲，那是以一種虔誠恭敬的態度，像雕塑一個藝術品一般。從她的敘述中，他似乎也看見了那些精雕細琢的極品。

她不只一次談到為她丈夫修剪指甲的事，每次她總是緩緩說著，完全略過他渴慕的眼神，「除了用指甲剪剪短以外，還要用搓刀幫他搓得光滑，才不會勾到衣服什麼的……」

「這麼幸福！」

他這麼說的時候，她感受到被肯定。她謙卑如侍女的為丈夫修剪指甲的事，終於有人瞭解行為背後的幸福，但卻不是她的丈夫。

而她也相信，他必然明白，明白她不是在向他炫耀丈夫的幸福，也不是在向他邀功說自己的賢淑。她是真的還停留在往日的美好，她可以安靜的不被要求的貼近丈夫的身體。

如果可以的話，他也願意任她雕琢他的十隻手指，當然也希望十個腳趾也能有優秀的雕塑師。然而，他更渴望她偎著他時，幸福從她的指尖流過他的手指到達他的心裡。

但他沒說出自己的想望，在最初聽她回憶往事的時候。

他只說了自己每日上班的背包裡，必定會放一隻指甲剪。他這話一出口，她詫異得瞠目，圓圓的瞳孔像一面光可鑑人的鏡子，投射出他的影子。

他，一個大男人，公事包裡攜帶了一只指甲剪，似乎不大相稱。她心裡問著：「你太太怎沒幫你剪？」可是問出口的是：「你都自己剪啊？」

他微微一笑，感覺苦苦的，他聽得懂她話裡的心疼，但他不像她前夫那麼幸福。如果他也能得到她對待她前夫那般完全投入的修整指甲，也會笑得開懷，他深信。他暗自在心裡訕笑她的前夫，放掉已經在握的幸福，太傻了。

在她再次說到捧著前夫的腳修剪腳趾時，她終於明白他渴慕的眼神是也想擁有如此的對待。

為自己所愛的人整理這些細微瑣事，是一種甜蜜，比被服務的那人還要甜蜜。她不明白，為什麼他太太放棄營造這樣的甜蜜？

她想起她丈夫還在她身邊時，她喜歡丈夫由著她將他的手左右換來換去，剪過了指甲再磨平，最後還以她自己瘦小的手掌撐住，仔細檢視一番，看看有沒哪裡留下缺憾，那時她是在感受那一份由丈夫大手傳遞過來的溫暖。

但缺憾卻出現在丈夫以那雙她修剪過的手，拋下離婚協議書時。

她記得丈夫以不屑的表情說：「只會做一些無關緊要的事，也不會幫我拓展業務，也不想想可以用妳那雙手幫我做些什麼，只知道煮飯、洗衣、拖地、剪指甲這些瑣事，妳有什麼出息？」

她有什麼出息？她是沒有出息。連丈夫走了，她還想著幫丈夫剪指甲這無關緊要的事。失去可以抓著丈夫的手的日子，她看著他的手掌，手指明顯比她丈夫細長，那是雙比她丈夫更適合捧在手裡修剪指甲的手。她想，這樣細綿如女子的手，更可以剪出弧形漂亮的指甲，那也會有滿滿的溫暖吧？

那時，她只是想在心裡。當他們見面閒話家常時，她慣常垂眼低眉淺淺笑著。因為她什麼都不能說。

有一回他們見面，在咖啡屋裡，他們對坐在狹窄的桌子。她看到他指甲邊的皮掀起一小片，凝視間，她想著的是幫他處理。

但她卻只是告訴他那不能用手去扯，可能會扯得淌血，那是該用指甲剪剪去。可是她皮包裡不像他放著指甲剪，她懊惱自己的這個疏忽。該要在包包裡準備指甲剪，以備隨時需要時可用，從第一次和他說起幫丈夫剪指甲，他流露羨慕神情時。

他透晰了她的心思，知道她看見了他指甲邊翻起的皮，心裡湧起異樣的波動。他泰然自若的從自己的背包裡取出指甲剪，放在桌面上。

這是她第一次見到他說過總放在背包裡的指甲剪，她很想拿起來幫他剪下指甲邊那一小塊皮，但她開不了口，因他們之間有一條溝，她的失婚，他有家室。

而他卻等著，等著她說要幫他剪去那塊小皮。他盯著她望，她羞赧垂首，彷如初戀中的女子。他從她垂下的後頸看見，看見從臉頰延續漫開到粉頸的緋紅，她的矜持。

他仍然凝望，等她，等她從自己怦然的心脈中恢復過來。

她終於抬起頭來，他溫柔笑著，並將指甲剪推向她那邊，「請妳幫我剪。」她知道他要的是她自來便有的溫柔。

她望著他，馴服的輕輕拿起指甲剪，左手扶捧著他的手，輕到幾乎是沒有接觸，有如棉絮輕飄在手掌。她右手執剪，細緻的剪去那一小片皮，他完全沒有感覺，一切就結束了。

她再把指甲剪推回他面前，嫣然一笑。好似一塘清淺，經風皺面，片刻又恢復了平靜。

他露出深深的失望，還沒經歷該有的過程，總有幾分不切實際，於是他明白的說出，「我也要讓妳剪指甲。」

他終於說出口了，她心裡喜孜孜的，可她卻又不願顯現期待的熱切，因為她知道使君有婦，自己的痛不能也讓別人痛。而她也不願教滿懷希望的他，才燃起希望就又立即滅絕，久久，她才拋出她一慣的笑容，說了句「下次吧！」

那次之後，她刻意在自己的包包裡放進指甲剪。

兩年過後，他調職高升，他們不再見面敘舊。她常會想起，曾經有個人聆聽了她為親密愛人修剪手指腳趾的幸福，她也會記得自己渴盼的下次。

然而，下次？是多久以後？

刊登二〇〇七年九月十日《金門日報・副刊》

白玉苦瓜

做晚餐前他妻子想了半天才決定煮苦瓜湯，妻子煮了一鍋她拿手的鳳梨苦瓜雞，妻子知道他不喜歡吃口感澀澀的雞胸部位，向來都只買雞腿，肉質嫩度還特地挑過。晚餐桌上他喝起那鍋湯，真是湯中極品，挑動他每一瓣味蕾，他喝著舌頭如跳著舞似的動個不停。

妻子煮鳳梨苦瓜雞一定用大樹的名產鳳梨豆瓣醬，加了這個特殊佐料，堪堪可以在滿漢全席上列出來了。他是不清楚妻子如何拿捏鳳梨豆瓣醬的份量，總之是多一分太過、少一分不足，那鍋湯真是湯鮮味美，他忍不住還是多喝了些。

妻子習慣買白嫩嫩的苦瓜煮湯，他聽說綠色山苦瓜更能降火氣，問過妻子為什麼不買綠苦瓜，妻子是這樣回答他的。

「白色的苦瓜苦味少一點，煮出來的湯才不會因為苦味壞了整鍋，而且苦瓜的白色和鳳梨豆瓣醬的土黃色配起來，多好看啊，你沒聽過白玉苦瓜嗎？」

白玉苦瓜？白玉苦瓜不是故宮博物院裡展覽的古物嗎？在那古色古香的建築物裡，典雅的暗沉色澤還真襯托出白玉苦瓜的晶瑩剔透，還真虧妻子有這麼好的聯想力。

「呵呵……鳳梨苦瓜雞也能和白玉苦瓜扯上關係，我真是服了妳喔！」

「嘻嘻……你就多喝一碗啊！」妻子說著又幫他盛了一碗。

他看見妻子靦腆的笑了，自己是高興地喝下這碗鳳梨苦瓜雞湯，甘甘甜甜醇美的感覺，真好，他腦子裡油然而生的卻是她白皙的肌膚，不自禁抿嘴一笑，他妻子也瞧見了，但只看到他的笑容，沒看到躲在笑容後面的心虛。

「好喝嗎？」妻子問。

「嗯，好喝。」

晚餐後妻子忙著收拾善後時，小寶已經備好去上心算的書包，父子倆在廚房門口沒見著人就說了再見，妻子顧不得洗到一半的碗盤，扭緊水龍頭，在圍裙上擦擦雙手，跑出廚房做例行交代。

「小寶，上課要專心喔！」

「嗯。」

「你別讓他遲到了唷！」

「知道啦，所以要趕快，不然路上車多就很難說了。」他牽著小寶套了鞋要開門，想起什麼的又對妻子說：「一趟路來來回回跑浪費油錢，我就找個書店看書，時間到了會去接小寶回來。」

「喔，也好。」

小寶才進了心算教室，她的電話就打來，他順便看了手機上顯示的時間，微微一笑，還真準時哪！

她在手機那頭愛嬌的說著，今天先生在家，她不能外出太久，好不好就到她住家附近的超商等她。

「你知道的，路頭的那家。」

「我知道啦，那家就是妳家，妳家就是我家。」

他故意亂改廣告台詞，她在手機那頭嚶嚶笑著，「你真壞耶，什麼我家就是你家？」

「不是嗎？妳不是我的嗎？」

「你好壞喔，不跟你好了。」

她在看不見的那頭越是愛嬌，他在車水馬龍的這頭越是想超車快駛，他知道她那不是真心話，他的壞她才愛的咧！

「不跟我好喔？那我就不過去了唷！」他故意逗她。

「呃？」她愣了一會兒，再嬌嗔道，「你壞死了。」

「我壞？妳不是就喜歡我這壞嗎？」

「你……不和你說了啦，快來吧！」

他就知道她等不及和壞壞的他纏綿，其實他自己讓她這一說，體內的使壞細胞全在血管裡亂竄了。快，再不快，會腦充血的。油門踩到底，他趕快就向市郊她家的方向去。

便利商店前讓她上了車，她眉眼間盡是蕩漾春情，纖纖手指指向路的盡頭，示意他開向昏暗的荒地。

「去那兒？」

「嗯。」

他想起她說丈夫在家，不能外出逗留太久，這下子是要當起車床族嗎？她不是不喜歡狹小空間裡的翻雲覆雨？說那侷促中壞了情趣。

難道她有更好的點子？想到這，他的血從頭頂全數衝下來。

果然，她要他在路尾暗處熄火停車。下了車，她拉著他的手，笑裡含帶媚態，他怎禁得起無語淫聲浪笑，急吼吼就將她圈進一旁的菜園。

不高的棚架垂掛著一條條大小不等的果實，高大的他左右都擦碰到，那氣味聞起來挺熟悉。啊，原來來到苦瓜園啊！

「嗯，晚餐才喝苦瓜湯，現在就到苦瓜園……」他喃喃道。

「你說什麼？」

「沒，沒說什麼，我說妳啊，是我的消暑聖品，頂級……」苦瓜兩字他沒說出口，因為他的嘴還有別的重要任務了。

他們等不及就在路尾的苦瓜園裡辦起野宴。他突然想起晚餐桌上妻子說的白玉苦瓜，凝望她褪去衣袖的上臂，應該蔥白似的渾圓；她裸露的前胸，合當是白玉般的晶瑩，這會兒怎是褪了色似的灰撲呢？仰頭一看，穿透瓜棚的月色才只細縫一般，只能拖個殘餘月光，悄悄爬過她平滑的肩，再滾落她柔綿的乳，當然光亮不了。

管他的，苦瓜也罷，白玉也罷，白玉苦瓜也無妨，都不及懷中嬌喘不休的她動人。棚架下他奮戰不懈，棚架上方才被他撞到的苦瓜咚咚掉下幾條，不偏不倚打中他的背，滾向她的腰際、臀側，在他倆搖搖晃晃中被壓得細碎了。

這會兒他們倆彷彿醬在苦瓜缸裡，渾身盡是苦瓜的味兒。

不過這苦瓜的味兒在他聞來也還香，她就在他眼前、懷裡，苦瓜不過是做見證罷了，見證他兩人偷得的愛情。

可苦瓜濃烈的味兒，還是引著主人敏銳的嗅覺前來。野宴，終於被前來巡視菜園的園主識破。

「唉喲，夭壽喔，恁恁……是將我這個所在當做啥？」園主將手電筒照向地上的他和她。

園主聲量大得引來更多鄰人品評。

「見笑喔，在苦瓜園『炒飯』，會好吃嗎？」

「這個女的白蔥蔥，和園裡的苦瓜一樣嘛！」

「人家是煮苦瓜雞，這是苦瓜什麼？」

「……」

「……」

他與她抓著蔽不了體的衣物，遮遮掩掩地要躲開園主超大的手電筒亮光。

更多尋聲而來的鄰人有人認出她，指指點點窸窸窣窣論著，他和她的臉比藤架上新生未熟的苦瓜還苦了！

刊登二〇〇七年九月二十九日《更生日報・副刊》

破皮

一直到掀鍋蓋要試鹹淡時，她才突然發現右手中指第二節關節處破了皮。又不是握筆寫字寫太久，怎麼會擦破了皮呢？她盯著中指關節處指甲大小的破皮，怎麼想，還是想不透。

即使是因為握筆寫字磨擦，也應該是第一節關節出問題，怎麼會是在第二節？眼前正在做飯，丈夫是不耐等的，還是等晚餐都做好，吃過飯收拾妥當，再來對治這個不知何時莫名其妙就出現的破皮傷口吧。

擦破的這一處，那指甲大小般的皮還是完整一塊，只剩下約莫零點一、二公分是黏在手指上，其他的皮是掀起來的，看得見裡面滲血的肉，怪可怕的。本來她想用力扯下那塊看起來刺目又怵目的皮，才稍稍用力就痛得錐心，偏偏那塊皮還頑強地緊緊黏在手指上。沉思了片刻，她改變作法，她用左手把那塊掀起的皮輕輕壓下，她想藉著藥水讓掀開的皮與肉再度密合。她竟忘了破了的皮，和覆蓋著手指的皮，已經是不同內涵了。

當她拿起優碘對準破皮處將要點上時，丈夫坐在一側，冷冷看著她做這些動作，完全沒有傾身向前來幫她的打算。她心裡恨恨的，彷彿所有的事都與他無關，她的手指，手指的傷口，甚至她這個人。

左手操作本就不很順手，一瓶小小的優碘，她拿得很不安穩，又要顧著右手中指的傷口，又要顧好左手的藥瓶，總覺得兩手間少了一種平衡，也少了一點契合。

契合？只是點個藥也要談契合，那恐怕真是要令人失望的。她嘴角略略上揚，卻是苦笑。丈夫看見了她這抹微笑，他說：

「擦個藥也這麼快樂？」

「？」

優碘還沒傾出一滴，她挑眉抬眼瞅了丈夫一眼，這男人在說什麼啊？他到底是懂還不懂？我連擦個藥都得自己一個人處理，他只是做壁上觀，還說些無關痛癢的話，他到底是不是我的丈夫啊？

我和他，契合嗎？

以前他不是說他最懂我，能一眼就知道我要什麼？

不是曾經只要眼睛一瞟，就能讀出我的心意？

那是在愛情的煙霧裊裊間誤打誤撞？還是戀愛中人擅長細心解讀對方的語言，包含顧盼間的無言？

那這時？是日久無趣？抑或終於現出本性？

想著這些，就教人心痛。唉！算了。

垂下眼，她想，吃下愛情那劑春藥後，得用歲月在婚姻裡擦藥，還真是諷刺啊！

傾倒出一滴暗紅色的藥水，一粒珠圓玉潤就在破皮處。她盯著那一滴聚在一起的藥水，圓圓飽滿的藥水，水分子有很強的內聚力，想要讓它自然乾燥，看樣子需要等待一段不算短的時間。丈夫性情匹變態度冷淡，她也忍過一些時日，就等著他慢慢再回頭想起曾經的誓詞。

她擅長忍耐，原是打定主意讓藥水自然收乾，正可以好整以暇餐後小歇，但那藥水緩緩滲進傷口時，一陣蝕人刺痛感覺鑽入體內神經，一如生活裡慢慢累積的不協調，常會讓人失衡無故的踉蹌了一下。她忍不住對著點藥地方吹氣，企圖吹散那絲絲入裡的痛楚，一如她以參加活動來轉化生活的苦悶。她沒想到就這一吹，把那原是圓潤的藥水珠子吹散了，藥水順勢往下流到手掌心。

「嗄！」她驚慌失神，一切都出乎她意料。

「嗄什麼嗄？優碘流下去了。」丈夫雙臂交疊斜靠椅背遠遠看她，那置之度外的神態，也讓她錯愕。

「喔，那……」

潛意識裡她還等著丈夫眼中的疼惜，但她丈夫卻像上級指導下級般的出了聲，「那什麼那？快把它擦乾呀！」

她瞥了丈夫一眼，盡是哀怨，丈夫卻沒讀出來。

丈夫還是只盯著看，連不耗費他一絲精神體力往桌上面紙盒裡抽張面紙給她，他都做不到，勿寧說是他不願意做。

她趕緊放下左手拿著的優碘藥瓶，默不作聲抽出一張面紙擦拭掌心，也想擦去心間淌著的血淚。

她再睇丈夫一眼，丈夫還是看不出她心裡的怨懟，兀自看著手腳慌亂的她，眼中仍然沒有她。

唉！嘆口氣，浸了藥水的傷口如她的心一般，疼痛難忍，她再吹氣，也只是瞬間錯覺沒事，其實仍有不定時的抽痛。

「嘆什麼氣？也才一個破皮。」

也才一個破皮？什麼叫做也才一個破皮？丈夫的心裡到底怎麼想？她真是不明白。那要多大的傷，他才會注意、才會幫忙敷藥？她和丈夫之間的關係，丈夫是不是也以這樣的心態等閒視之？

瞬間她腦際閃過對比的今昔影像。

往昔並不是這樣的啊？曾經是引人妒羨的一對，朋友常說他倆眉目真會傳情呢，那美好時光真令人懷念。

如今，和丈夫之間的和諧只是表面風景，這她是一清二楚的，再回不去當年親愛的歲月了。回不去了，從丈夫對她說過，「我怎麼這麼衰，娶到妳，一點幫夫運都沒有。」

幫夫運，怎樣才算是有幫夫運？讓丈夫無後顧之憂，全心做他想做的事，這樣算不算是？她一直以為精神上做丈夫的支柱，不也是幫他？怎奈丈夫不以為然，甚至覺得自己衰透了。

這話深深刺傷她的心，可她丈夫在語音飄散後，船過水無痕的如故生活。這時她突然想到，是不是丈夫也將他說的那刺耳的話視為婚姻裡一個破皮而已？

那是一個婚姻破皮而已嗎？丈夫如此挑她毛病，必然是在他心裡累積許多能量，他才說出口。那會只是一個破皮嗎？

如果只是一個破皮，為什麼他們之間連最親密的肌膚情愛都消散了？

她細細看著擦了藥的破皮處，也端詳了殘留淡淡優碘色澤的手掌，她再用力想，仍然想不起怎麼弄出這樣一個傷口，一如她始終想不透，丈夫之於她，是從何時開始轉換心態？再不是追求時視她為他生命中不可缺的太陽。

既非不可缺，那就是可有可無，可有可無的，是情感？還是婚姻？

經過這層轉變之後，生活好像是她一個人該煩惱的事，丈夫總能有各種名目規避，丈夫完全不當一回事，甚至還讓她錯覺他只當過境一般的回來。

她就不能理解，丈夫難道不知道開門七件事，柴米油鹽醬醋茶，樣樣都得用新台幣支付，可他就能悶聲不響，反正她總能做出一家人吃的飯菜，反正她也沒讓家裡斷電斷水斷糧斷炊過。

她不怨嗎？怨啊！剛開始她開口跟丈夫要日常開銷，他一個大男人回她的是，「我沒錢。」

「沒錢？」

「生意不好妳不知道嗎？公司都快垮了。」

一句我沒錢，再一句公司都快垮了，就把她壓得死死的了。她不敢再追著丈夫要生活費，好像再多跟丈夫開口，是在逼迫丈夫，要將他逼到絕境似的。可她為了要張羅一家人吃的用的穿的，只好是逼著自己把孩子帶在身邊，到安親班工作。這旁人看來的一兼二顧，難道不是她強逼自己的嗎？

她強撐家計，從來就沒想要丈夫感謝，她只是覺得做為一個妻子的人必得這麼做，當然如果能得到丈夫多一點的體貼，丈夫在公司業務之外，還能放點心思在家裡、在孩子、在她身上，對她而言，這個婚姻就是充滿丈夫的愛了。

婚姻不是愛你該愛的人嗎？那丈夫還愛她嗎？這樣的念頭一閃過腦際，她自己都覺好笑，自嘲這是什麼蠢問題？丈夫如果還愛她，會眼睜睜讓她獨撐家計？會眼睜睜看她搞不定破皮傷口？他捨得嗎？

太好笑了，她為自己到這時還再妄想丈夫的憐惜而笑出了聲。丈夫則是因為她的突然一笑而愣住了，不解的望著她，「有毛病啊？」

確實，太過識大體也是一種毛病，她想。

她低頭再看，掀起來的皮再也黏不回原處。藥是點了，但痛在傷口，更在心間，而那片少了血色的皮兀自彈開，似乎在預告它即將完結的生命。

她盯著看了好一會，下了決定，拿出指甲剪。

不若從前總要躑躅再三，現在的她快速俐落的拿出指甲剪，細心不波及旁邊地剪下那小片皮。因為點了優碘呈暗赭色的傷口，現在是裸露示人，疼痛仍然存在，在去了皮之後。

餐後總得善後，洗碗時一接觸到水，傷口就疼得讓人受不了，她嘖嘖哼個不停，只是因為痛，並不期待丈夫的幫忙。可丈夫又開口了，「才一個小破皮，就哀哀嘆嘆的！」說什麼一個小破皮，他們之間這種關係，也是一個小破皮而已嗎？這個人是什麼心態啊？她連抬頭再覷丈夫一眼都懶了。

早些時候，忙過安親班，再忙過孩子，人都快虛脫時，她還會請丈夫幫忙做些家事，可丈夫都端了一張不耐煩的臉，然後做得不甘不願，好像他做家事是給她比天還大的恩寵。後來她不再讓自己在疲憊乏力之時，只能領受丈夫潦草的分工，卻還要如承聖恩般的感激，她再不開口要求，再之後丈夫便就視若無睹置若罔聞，泰然自若的享受他旅人似的生活。

她靜靜清洗鍋碗瓢盆，除了自來水沖洗的聲音，便是電視節目傳來的雜亂聲波，她沒有回答，丈夫也停止說話。空氣瞬間冷了下來，冷的程度比起自來水，是有過之而無不及。

兩人這樣冷淡的日子多久了？

最近一段日子，她心裡反覆尋思，她不想再過這種無性無興的生活。她想，該要找個機會和丈夫開誠佈公好好地談一談。

刊登二〇〇七年十二月六日《金門日報・副刊》

黯淡

「軋——」

驚心動魄的一個緊急煞車聲，劃破寧靜的街道，不客氣的便將那刺耳長聲撞進路人耳朵，也不怕因此就會刺穿人家的耳膜。

緊接著響起的嘶叫聲，才更是懾人心脈，讓人忍不住要關心這吼叫婦人了。

路上原是散步的行人，店家裡交易的顧客與老闆，甚至是高樓住宅裡的人，都禁不住紛紛將目光投向聲音來源，甚或是探出頭極目張望，有的還走上路面，三三兩兩交頭接耳議論了起來。

是一部剛從巷子轉出路口的小轎車緊急煞了車，路人看到的是，突然衝出來的婦人只差兩步路，就會被這部車給撞上。

幸好車裡駕駛及時踩住煞車。

婦人那一聲淒厲慘叫果然奏了效。

差點被撞上的婦人站定後，以她那一雙忿恨的眼睛，惡狠狠的盯住轎車內的人。轎車內的男性駕駛皺著眉，怒目回瞪車外得理不饒人的婦女，駕駛座旁的女子，則是低垂著頭，無臉見人似的。

除此之外，車裡的兩人都沒下車致歉的打算。

車外的婦人眼見這情形更是惱怒，瘋狂地拍打著轎車的引擎蓋，引擎蓋因此發出「砰砰」響聲，彷彿鑼鼓喧天般地引來更多觀眾。

「下來，妳下來，不要臉的女人，妳下來說清楚。」婦人聲嘶力竭的喊叫。

略略西垂的陽光穿透車子玻璃，轎車內男人臉色的陰沉怒氣，一覽無遺。他甚至也不甘示弱的與車外婦人對看，彷彿較力場上的對手。而副駕駛座上的女人，看這超出可掌控的情況，她的頭垂得更低，像是正向著天父告罪懺悔似的。

除開這些，車內這兩人還是不下車，也完全不做回應。

轎車外的婦人沒得到回應，更是怒氣沖天繼續咆哮：

「下來啊！不要臉的人，下來說清楚。」

「沒有用的傢伙，躲在車內算什麼？有本事，你敢做就要敢當。」

這時，路口聞聲圍觀人潮越來越多，交頭接耳評論是非的聲音，伴奏似的襯著險些被撞婦人的用力喊叫。婦人拍打轎車前蓋的動作，在有人群支援下越是激動賣力，誓要爭出一個理字不可。

「下來，下來說清楚，今天一定要把話說清楚。」

圍觀人群看著一頭冷一頭熱的街景，紛紛有人聲援：

「現在的人真是的，撞到人也不下車說抱歉。」

「理虧的人一直躲在車子裡有用嗎？能躲多久？」

「還好這個太太沒受傷，要是撞出人命，看他怎麼辦？」

「這個駕駛還是個男人嗎？還不出來看看這位太太怎麼了？」

「人家也不過要爭個理，他這樣是縮頭烏龜囉！」

「唉呀！真沒天理喔！」

不知道是不是外頭這些評論也鑽進車子裡，倏地，駕駛座上的男人開了車門，怒不可遏的下了車。

男人一下車，聲浪瞬間減弱許多，只殘餘些許，「對嘛，就是該這樣才對啊，談開就好了。」

「是嘛是嘛，道個歉，不就沒事了？」

「……」

男人根本不理會這些閒雜人等，他直接就往披頭散髮的婦人走去，婦人並不理他，也不和他理論差一點被撞的驚嚇。婦人自顧自走向車子另一側，使力拍打車窗玻璃，並且發狂似的大叫：

「下來，不要臉的女人，搶人家丈夫……」

「狐狸精，不要臉……」

男人見狀快步繞過車子前方，跟著婦人走到車子右側，用力撥開女人狂敲車窗的手，然後男人貼著車門站著，像是護衛一件珍藏似的。被隔開的女人發狂一般雙手亂揮，張口又哭又叫，哭聲淒厲劃破長空，天邊那一抹夕陽，宛如她漲紅的臉。她的哭叫聲震散了方才聚攏的人群，評論聲也跟著零零落落的回家了。

「唉唷，家務事也鬧到大馬路上，真丟臉喔！」

「那個做人家丈夫的也真不像樣！」

「車子裡那個女人，我看以後難作人嘍！」

「誰教她要跟個有太太的人！」

「唉！最可憐的是這個太太，大概要瘋了！」

斷斷續續的人聲，恰似逐漸隱沒的夕陽，一點一滴失去光影。男人順勢將女人引到距離轎車稍遠的路旁，在她耳邊低聲地說了幾句，女人似乎得到滿意的保證，哭聲漸漸只剩啜泣抽噎。

這時，男人趁著女人揮手拭淚，快速鑽進駕駛座，引擎一發動，揚長而去。

馬路上，錯愕的女人，被一分分暗沉的暮色，沾染成不見天日了。

刊登二〇〇八年一月八日《金門日報・副刊》

秘會

週五晚上該是放鬆時候，他依慣例來到東區這家有品味的餐館，能夠到這裡來消費的，多少是有點經濟能力。

他自己一個人到這兒來慢條斯理用餐，從慢慢啜飲餐前酒開始，就沒打算讓自己在兩個小時之內完成這一餐。通常他看到的都是把服務生送上桌的菜趕著吃完的人，男男女女都有。他很少見到一個女人，像他這麼沉得住氣，完全融進每一道菜的色香味。

四十歲黃金單身漢的他是三高族，說身材也不輸給偶像明星，要學歷也端得出國立大學博士學位，可想而知收入當然夠支付這樣餐館的開銷。

若說他的人生有什麼缺憾，那就是身邊沒有和他適配的女人，許多親朋好友為他抱屈，明明條件這麼好，怎的就是身旁沒有一個固定女伴。

親友們當然也不停慫恿他放膽追求看上眼的女人，甚至十分熱心的為他安排各行各業的女人和他相親，他倒是一慣的氣定神閒，也一慣的不給任何對他有好印象的女人回應。

親友們怎知，他心眼裡想著的是，我何苦讓一個女人來拴住我？像我現在這樣孤家寡人一個，看似寂寞沒有伴侶，但其實是自由自在，更大的好處是我可以和不同的女人秘會，在每一次來這餐廳時。

今天天氣狀況不佳，他來的時候，外頭正下著夏日常見的陣雨，室內沒幾桌客人。也難怪，這種鬼天氣，女人多半不愛出外，擔心從頭頂整個傾倒而下的雨水，讓自己在還沒上桌就成了落湯雞。

雖然放眼望去沒多少女客讓他挑揀，是有點讓他提不起勁。不過「食色，性也。」是人性裡最基本的需求，很快就能引動那層欲求了。

就是這樣不罷休的想法，讓他還是能從僅有的幾桌客人裡，挑出一個還對他的味的女人。

他選定這個女人之後，彷彿窺探到什麼秘密似的，唇角一揚，暗暗笑著。而這時，他身體裡基本的人性已經慢慢甦醒過來。他啜飲一口餐前酒，嗯，甜度剛好掩蓋過酒精濃度。叉子放進份量不多的前菜時，他突然記起性學專家強調的前戲原則，於是在會心一笑裡慢慢品嚐。

那一桌看起來應該是家庭聚會，一張桌子四邊都坐上了人，背對著他的是，看得見幾絲白髮的男人，大概是這家的男主人吧，左後臉頰讓他看到的是年約七十幾的老太太，應該是老母親，男人的對首是個青少年，偶爾伸手幫忙老太太，偶爾傾身和他今天秘會的對象談話。而他的密友，則是一個和他歲數相仿的女人，優渥的家境讓她顯得雍容。

那個女人時而專注聆聽其他三人的說話，時而輕盈說話並掩嘴輕笑，他喜歡這樣子的女人，不多話，但又不是漠不關心。他也專意注視著她，略略豐腴的唇塗上了紫紅色唇膏，在餐廳設計獨特的燈光下，閃動著一股誘人的亮彩。

玻璃窗外的雨仍然瘋狂下著，陸陸續續進來的客人，在服務人員帶桌時，不時遮去他凝望她的視線。他知道這時該喝一口酒，這酒能化解心裡的急躁，還能帶動他的食慾，甚至是另一種慾念。

擋住他視線的人體經過後，他看見她們那桌上菜的速度比他快，他不喜歡這樣，慢慢來才有意思啊！還好距離他三桌之遙右半身對著他的那個女人，只是盯著她自己眼前的海鮮水果沙拉看，那樣子好像她正和情人對望！她久久都沒動叉子，他真高興她和他一樣不躁進。

服務生也收下他前菜盤，再送上他的海鮮沙拉了。他看見她在家人催促下叉起一隻撥去外殼的蝦送入口中。從他的方向看去，他可以清楚看到她右臉頰的振動，蝦子在她嘴裡咀嚼，她的右臉頰不時會鼓起一塊，好像有意無意在告訴他一些什麼訊息。

他也跟著優雅地叉起一隻蝦，緩緩送進嘴裡時還微閉雙眼，他覺得此刻自己正貼上她的唇，吸吮她唇上的甜蜜。

一直到他讓蝦子在牙齒間滑動，然後經過食道滑下他的胃，之後，他才睜開眼睛，看見的是，那個女人正把另一隻蝦放入口中，他笑了，在此同時，他也感到體內有個地方漸漸溫熱起來。

他當然知道這女人家庭生活幸福，可是他想一個女人長久和那樣的三個人生活，多少也會有她的苦悶。如果背對著他的這個男人，是個不會憐香惜玉粗魯的丈夫，這女人就算有個像他這樣的情人也無可厚非。倘使女人的丈夫是將女人捧在手心上疼，那麼在一成不變的家庭外來場邂逅，那就是夏夜東區浪漫之戀了。

他想著，還是一張斯文微笑的臉，服務生又送上他點的主菜，德國豬腳。如果有人在觀察他，必會發現服務生退下後，他見到那女人的主菜和他相同時，他眼睛裡散放出來夾雜驚異的喜悅。

噢！這雖然是個惡劣的天氣，但卻是遇見和他品味相同的女人，這真是這秘會最教人動心之處，他深深陶醉。

他兩手拿著刀叉的同時，那女人也一樣架式，他看著她劃開磁盤裡的豬腳，那一剎那，他也意識到自己在桌子下面的雙腿動了一動，他體內飽脹的感覺越來越強，越來越想將她按壓在椅子上，褪去她那身淡紫色及膝洋裝。

在他切開自己盤裡的豬腳，一小塊一小塊送進嘴裡時，他清楚感受到自己的心跳瞬間加速一些，呼吸也急促了一點，重要的是，他感覺自己是快樂的。

他一口一口細嚼慢嚥，不時閉上雙眼一副陶然模樣。

再睜開眼時他看見，女人將甜點的小湯匙含在嘴，右手不時轉動著銀色湯匙柄，他感到血液要衝上腦門般的興奮，但女人仍然在她的座位上端莊坐著。

那一桌的四個人用完餐準備要離去了，他看見背對著他的那個男人，幫女人拉開椅子，手搭在女人肩上同步向外走去。他拿著甜點小湯匙，停格在臉頰前面，那樣子好像偷偷在跟今晚秘會的女人道再見。

刊登二〇〇八年二月二十八日《更生日報・副刊》

香氣不足的麻油雞

「平常我聞到別人家煮的麻油雞，香味都比較濃，妳煮的怎麼聞起來不太一樣。」

丈夫看似不帶情緒的說了這樣一段，她原是不生氣的，她太瞭解丈夫了，自己的永遠都不是最好的。在他眼裡，她比不上他所認識的每一個女人，連帶她所煮的飯菜、她所做的事，也就都有一些缺失了。

連著幾天超低溫的天氣，丈夫時不時喊著，「怎麼越來越冷？」於是她想到煮一鍋麻油雞，好讓丈夫驅驅寒暖暖身，她還想到多用幾塊老薑，老薑多一些好把寒氣都驅走，當下也決定用那瓶母親給的純正黑麻油，熱鍋時記得多倒一些，好讓麻油都入了雞肉，吃進口裡時可多幾分熱氣。

她想的都是怎麼活絡丈夫身體，沒想到丈夫一再出口的，卻是往她心口灌冰水。就連煮麻油雞這樣的小事，丈夫也要拿來和他所聞過的氣味比較，那可信度真是教人存疑。

她抬眼瞅了丈夫一眼，沒說出口的是，「材料實在才是要緊，香氣濃？是薑味，還是麻油香，還是酒氣？」

這倒不是她不想回應，而是這時說出口的絕沒好話，就算用詞還恰當，語氣恐怕早是炒過麻油的老薑，上了團團的火了。

可她這番心情丈夫絲毫不懂，他反想成她就是默認做得不好，而他並不願意就此了事，丈夫還繼續往下說：

「這是什麼情況？怎麼會妳煮的麻油雞香氣比較不足？人家是多用了什麼料？」

「哪有多了什麼料？麻油雞不就是麻油、老薑、雞和米酒。我今天多拍了幾塊薑，麻油還多放一些呢！」

「那怎麼會別人的聞起來很香，妳的……」

她不喜歡丈夫這麼比較，不過是煮一鍋暖身的食物，食物還沒煮好，身子還沒暖到，心卻先冷了。

「……大概是人家在大鍋裡炒久一點，連雞肉都炒得焦熟，所以比較有香氣，我是在小鍋裡炒，而且只炒一下下，就加進米酒和水去悶燉了。」

「我覺得很奇怪，別人煮麻油雞真的香得迷人……」

她不懂怎樣的香是香得迷人，明明自己煮的這一鍋也挺香的啊！而且她都已經做了煮法上的分析，也讓丈夫明白，煮這一鍋麻油雞是為了讓他暖身子，不是為了吸鍋沿冒出的香氣，偏偏丈夫還在那一個點上鑽，她有點冒火。

「你都是覺得別人家的好，總是認為自己的不夠好……」

她還沒說完，邊為自己剝顆蒜頭的丈夫出了聲「哼，哪有……」

丈夫企圖表示不認同她的看法，也想自清一下，不過她沒讓丈夫有機會說完，她搶著空隙插話說下去，「哪沒有？你都是覺得別人的孩子比較好，自己的孩子成績比別人差。」她本來想說到這裡就打住，但是另一句話如果沒說出口，她又覺得虧欠自己，嚥了嚥口水，之後她提起勇氣接著說：「老婆也是別人家的好。」

「……」終於靜了下來。

整個廚房裡除了湯鍋冒煙發出「沏沏」的聲音外，沒別的聲音。

到這時候，丈夫剛剛一再提起，麻油雞香氣比不上別家的話題才真正落了幕。她其實不太願意把話說得如此之重，可若一直由著丈夫挑她缺失，在她丈夫眼裡她便越來越不如鄰家任何一個主婦了。

直到煮好吃飯，丈夫都沒再提麻油雞不夠香的問題，但她知道丈夫那種別人擁有的比我好的心理，已經無法拔除，除非丈夫自己有所覺察，願意向他內在去探索，否則他擁有再多再好，他一樣覺得不如人。

吃飯時兩人對坐，丈夫先喝了幾口湯，再夾起一塊雞肉，放進嘴裡之前竟又說了一句，「怎麼切得這麼大塊？」

她先是不想回答，連這樣芝麻小事也要挑一下她的缺失，但她不想忍這種無理的挑剔，所以她說：「菜刀又不是很鋒利，只能剁成這樣，要再剁小一點，怕會把手指都剁了，你喜歡我把手指給剁了啊？」

「妳說那什麼話？」

「你就一直嫌東嫌西的，一下子麻油雞香氣不如別家，一下子又嫌雞肉切得太大塊，那到底要怎麼切、怎麼煮，你才滿意？」她把碗筷放下，定定地看著丈夫，大有豁出去不吃了的打算。

「呃……」丈夫原還想說些什麼，停了停倒是作罷了。

之後，丈夫悻悻然的扒著飯，動作粗里粗氣的，好像她沒認同他的看法是她不對。可她想為什麼要認同他的挑剔她，而且那挑剔還是刻意的。

停了半晌，她讓自己不要再生氣，舀了杓湯喝下肚，霎時整個人都暖了起來，方才丈夫像冰一般的話，瞬間就消融了無影無蹤。

誰說這鍋麻油雞香氣不足？

刊登二〇〇八年三月三十日《更生日報・四方文學版》

藏住了痛

年關將近，在彼岸工作的人，很多急切切在安排回來過年的事宜。她想起年初方才收假回復正常作業時，新聞報導就出現一則教她久久不能平復心情的新聞。

那新聞的大致內容是，台商返國在與妻子敦倫時太過激烈，使得太太私處受傷緊急送醫縫了十針，並輸了五百ＣＣ的血，這才撿回一命。

這麼熱情的丈夫，很痛吧！她想著那太太的身體，下意識垂眼凝望了一下自己的身體下方。

看著那節新聞報導時，她丈夫沒說話，一貫的眼睛注視著電視螢幕。他在想什麼？人家那先生是大半年在大陸，很久沒和太太親熱了，蓄積了太多能量。丈夫到底在看什麼？他看了會怎麼想？會不會想到他屯積的能量比那先生還多？

新聞報導還說那先生是為了證明自己在大陸沒偷吃，沒包二奶，所以才有那麼多能量，才能那麼勇猛。那丈夫的能量呢？她真不知道到底有多少？至於丈夫勇不勇猛？她也沒見識過。

她以眼尾餘光瞟了丈夫一眼，他的表情仍舊木然，沒有特別的反應，連回個頭給她赧然一笑也沒。她想丈夫也沒去大陸，每日上下班作息正常，是因為這樣，反而兩人之間少了一種刺激嗎？

那麼，是不是要有時空距離，生活才會刺激？

她不懂，是她不具吸引力，還是丈夫對她本就不感興趣？

從結婚以後，她和丈夫親密的次數便就寥寥可數。

新婚時，同事鬧著她問，她丈夫是不是一夜多次郎。她抿著嘴笑而不語，心裡面卻是說不出，丈夫根本是幾夜一次郎。那時她才二十多歲，丈夫也不過三十初頭，卻是空有火爐，沒有熱炭。

偶爾，同事們捉狹的聊著閨房樂事，便又關切年輕的她，玩笑問她，她丈夫夜裡是否衝撞如鬥牛，讓她疲於應付？她依然揚著唇角微笑不語，心裡暗沉了丈夫單調規律的抽送。她在如花含帶香味、花紅葉青少婦時，偏是引動不了滿面春風，只能依著牆頭，羨慕牆外花開並蒂。

新嫁娘的光采在褪下白紗禮服後，在日復一日的生活瑣事中快速淡了下來，她臉上慢慢凝結寒露。

再過兩年，丈夫行禮如儀的進行和她之間的床笫之事，一如她從青春期之後要來的經期，按月報到。

她的痛苦無人能知，唯是愁雲堆眉，那一雙失色的眉緊緊壓住，將一雙大眼睛壓得沒了光彩。任何人看到她的模樣，咸認為是她身體不好，承受不住丈夫的熱情，於是建議她吃這吃那，「這樣妳才有本錢和妳先生夜夜春宵。」

她是煮了很多養精補氣的食物，可她丈夫對這類食物也不熱衷，反而是她吃得多。她累積了更多情慾，總在體內每一處放肆鑽動，實境裡卻是無處可消散。

同事們又藉閨房樂趣的討論，教她取悅男人的秘訣，有人喜歡穿著性感夜衣，有人喜歡扮成歡場女子魅惑自己的伴侶，各式各樣，無奇不有。她靜靜聽著，恍然大悟於自己的不擅狐媚，空自錯過多少個該是她奔騰雲端的夜晚。

她穿了郵購買來的細縷薄紗，衣不蔽體的幾片小布塊，連她自己都脈動加快，可她丈夫非但沒有眼睛直勾勾的盯著她瞟，如情色影片裡的男人那般，甚至也不曾讓他細小的眼睛閃出一絲亮光，可憐她熱切的心頓時涼如冷霜，怎還有餘裕妖嬈獻媚呢？

媚，也該獻給懂得欣賞的人吧。

年復一年，她從職場裡習得很多狐媚招數，同事都說，

「一招不夠，多學幾招，男人呀，還不就是挑他喜歡的吃。」

婚姻七年後，同事們都說她面露紅光，越來越是甜美，該是慢慢修煉了閨房秘術，夜裡丈夫特別寵著愛著吧。她向是不將個人隱私裸現出來，一慣的淺淺笑著，默默在心裡溜過他給的愛情。

她斂了七年的眉頭，在他細細關懷下舒展開來，只消愛情的滋潤，屬於她的亮麗便能回復到她臉上。飛揚的神采，再灌注慾泉情流，便能更臻美麗境界。

兩年多來，她越來越顯年輕，美采更甚初嫁新婦時。

年假後的這則新聞，辦公室裡的同事們也都看到了，她們還因此竊竊笑語，笑談時眼神意有所指的瞟向她。

「妳先生有沒也這麼猛？」

「……」

「這丈夫也太猛了吧，把幾十回的能量一次迸發出來。」

「看來是要向太太證明他都守著子彈，回來發射個夠。」

「那個太太不知是什麼感覺？」

「還能有什麼感覺，就是痛啊，妳沒看報導說縫了十針，輸了五百ＣＣ的血。」

「這下可好了，這先生又得多少天不能碰太太了。」

「誰要他那麼賣力，適得其反。」

「欸，告訴妳先生，只要勇猛不要痛喔，呵呵呵……」

「……」

「呵呵呵……」

她只是聽著完全不回話，不過心頭倒是在接收到同事眼神時震了一下，她極力鎮住，沒讓自己異樣的心緒洩露出來。

「幸好不是自己。」

但她也開始擔心，太妖媚也會引來側目，可這偏偏不是她能壓制得下的。

是誰說的，愛情是一帖上等春藥，她只是恰巧飲了他給的這劑春藥罷了。她再深入想著，心頭不免又是一驚，差點兒就要汗涔涔了。

「如果那時真痛得忍受不了，會不會也像報導中的婦人這般？」

她回想起和他首次的繾綣纏綿。

二〇〇三年ＳＡＲＳ漫天蓋地襲捲而來，島內因為防疫疏失而多人失去生命。那陣子人心惶惶，能不出遠門盡量不出門，他們因此有十個月不曾見面。所有的思念都壓縮在小小彈丸之地，手機和e-mail的交流。

後來因為宣導及有效防疫，才暫時解除了世紀病毒警戒。隔年初春，他特意到鄰市尋她，一反過去的柏拉圖氏愛情，他直接就駛進一家旅店，積壓了近一年的愛戀，在關上房門後，爆發得一如ＳＡＲＳ般的讓她無措。

他才親吻她一下，就抱她上床，解下她的衣物和自己的衣物，沒有浪漫的前奏，野泉也還涓滴未現，他便急切切如初進洞房的在室男子。一切都和她幻想過許久的浪漫情境完全不一樣，他十分賣力，傾盡所有力氣，但她卻因為措手不及而疼痛，她忍著沒告訴他，只是心裡一直擔心爆裂。幸好兩人的第一次，是在美好的心靈媒介下，完成了經年的傾吐，雖然帶著她內在疼痛的小缺憾。

後來再有第二回，她明白他想長駐她內裡的慾求，她嘗試讓自己放鬆。這次在旅店有薄紗床幔的席夢思床上，他輕緩緩撩撥使她春心蕩漾，但當他長驅直入時，依然是蓄足全部用力奔撞。這回是私處外部因承受猛烈撞擊而疼痛不堪，足足有一星期之久。幸好她丈夫早就不近她的身了，她的痛得以藏住。

年初讀到這則新聞，她為自己和他捏了一把冷汗。如果當時他再猛烈些，有可能她的痛便藏不住了。

現在，一年又將過，她還可以藏多久呢？

刊登二〇〇八年八月十四日《更生日報・副刊》

敗家

「唉！」

阿桂姨嘆了一聲很長的氣。

都走了，所有的人都走了。

散了，這個家也都散了。

拆卸了假牙的阿桂姨癟著嘴，上唇緊緊抿著下唇，斜靠著那一組與她顛沛流離的藤椅，眼睛凝望著電視畫面，她再長長嘆了一口氣。

阿桂姨這口氣，彷彿是要把所有怨氣吐掉。

這一生還有多少日子了？

他真有想到嗎？想到老人家的生活淒慘嗎？

阿桂姨想著，電視上說掏空，有掏空公司，有掏空國家，而她這個好不容易打拚起來的家，不是也被掏空了？

阿桂姨過著長長的一生，眼前已經是風燭殘年了。從年輕時阿桂姨就對人生充滿希望，她相信只要肯認真，肯腳踏實地，老天一定會給她一處安身立命的地方。她一直是這樣相信著，相信老天會善待努力認真的人。原以為年輕時的苦日子過完了，臨老能倒吃甘蔗漸入佳境，沒料到卻是狀況更淒慘。

阿桂姨出生在日治時代，那時候的日子是苦了些，但那是大環境的還沒開發，多數人都是一般樣，沒什麼好怨嘆。而且那時十幾二十歲，年輕就是本錢，辛苦一點是因為人生有目標，想著以後要過好日子，什麼苦都能忍了下來。另外一點是，辛苦工作是身體上的苦，想著以後結婚生子，精神還是有寄託的。這和現在比起來，阿桂姨寧願回到從前的日子，至少精神上沒有後來經濟起飛後的鬱悶。

鬱悶啊，每天自己一個人對著小房子的四堵牆，每一面都是沉重的壓迫，一直壓向阿桂姨。

為什麼會變成這樣？阿桂姨不止一次的問自己，到底哪裡出錯了？讓這個臭小子太年輕就當家，以致讓他得了大頭病，忘了他自己是誰，忘記該要拿捏好分寸？

到了這年歲，阿桂姨常常回頭想，早知道會亂成這樣，倒不如早些時候不要太認真，一切順順過，不要太用心力去多掙一幢屋子，或許苦惱就沒這麼多了。但，人不是往上爬的嗎？日本治理時期結束後，新來的國民政府不是也很認真建設，有了那些年的辛苦建設，才有後來的進步，不是嗎？

可是現在的人誰感念啊？電視上那些老是說些有的沒的，挑起一些沒經過那段辛苦日子的人的錯誤想法，說那些國民政府的人是把這兒當過路，他們想的是有一天再回去，根本不是真正愛惜這塊土地。

阿桂姨挪一挪身子，前不久動過白內障手術的眼睛勉強睜大一些。電視裡可吵著呢。選錯了，苦的就是自己，就像我這樣啦。

誰教你們憨，講什麼會愛這個所在，我看是愛他的口袋。講什麼會把這裡打理得好，看起來是只有他自己的住宅才會打理啦。

阿桂姨的兒子就是相信那些人的說法，總覺得自己被欺壓、被漠視，沒有自己當家做主的成就。阿桂姨就不明白了，真正躲空襲警報的日子，他沒經歷過，三餐蕃薯粥配醃瓜的日子，他沒經歷過，民國五十年才出生的兒子，他被誰欺壓了？被誰漠視了？家裡就他一個男丁，所有的寵愛都在他一身，可是他仍然覺得自己是欠缺的、是不夠的。

誰蠱惑了他？

你看，終其尾，自組的公司垮了，一家人不是都搬出去了，留下阿桂姨一個老的，伊真正愛這個所在嗎？若是，要搬走，怎麼會偷偷摸摸，趁阿桂姨出外時搬得一乾二淨？

憨人，我的憨子，你怎麼被牽著鼻子走？

憨人，我的子，你憨到被賣了還幫她數鈔票的人，怨嘆有啥路用，人家她才不理會你咧，她日子照樣舒服的過，哪管得了你吃飯了沒？有飯吃沒？

阿桂姨斜靠著她一直捨不得丟，跟著她大半輩子的藤椅，伸手摸過旁邊空曠曠的，藤椅散發出一股心酸的涼氣。電視畫面上那些遊行人潮散去後，還有一些像阿桂姨這般年紀的老人家，不願意離去，說著說著就是一股怨氣。

他們在說什麼，有人聽嗎？阿桂姨搖搖她滿頭銀絲。

我，不怨嗎？

當年把孫子的媽娶進門，到底是錯了，而且錯得一蹋糊塗。這一門親，真真實實是選錯了。

阿桂姨想著自己好不容易從年輕時奮鬥打拼，過了四十，才買下屬於自家的第一筆不動產，然後在二十年內買了三棟樓，那時打算到老收著房租，晚景應該是不錯的。

晚景不錯嗎？電視裡有的老人根本被棄養，是晚景淒涼吧！

還沒輪到他們當家的時候，不是說過很多好聽的話，，以後要怎樣怎樣的建設，要怎樣怎樣的照顧老人家。媳婦還沒進門的時候，那小倆口不也向阿桂姨掛保證，家裡整修翻新後，會如何如何的讓她安養天年。

媳婦進門後，原是想結婚典禮前她都說了那麼有願景的話，那就這小小一家也該改朝換代，換人當家了，阿桂姨也是大方的將整個家業都交託給新人。那時鄉下來的媳婦，表現她吃過苦，懂得持家，阿桂姨還想著自己可有好日子過了。

孫子的媽是鄉下窮苦人家的孩子，阿桂姨本來想兒子既然喜歡上了，就把人家娶進門吧，想來她吃過苦，會量入為出好好管理一個家。

哪曉得，根本不是阿桂姨想得這麼美滿。

人家是好不容易出了頭，來到有阿桂姨這前人打理得舒適優渥的環境，就翹腳撿嘴鬚囉。打一開始，那女人就不知該節流，彷彿好不容易逮到機會，不好好享受，不挖點塞在她口袋當私房，不挖點回她後頭厝做面子，她對自己難交代似的。

炒個菜配料的香菇，一泡就是日本頂級花菇十來朵，泡得滿滿一個小臉盆。「哎呀，香菇泡太多了，只是配料而已嘛。」回家作客的大女兒恰巧看到，趕緊撈起一半瀝乾放進冰箱，「這些明天煮菜再用吧！」

阿桂姨一旁看著，心裡直發疼，若照這樣下去，這家在她眼閉了之後，怕也要垮了。誰知這女人進了門，就現了的敗象，沒等到阿桂姨閉上眼，一個家就四分五裂了。

電視螢幕又再播出那些不願散去的老人，都是心中一股難忍的氣。給你機會，讓你好好表現，好好當家，怎麼知道心只在自己身上，把整個家搞成這樣。民國十八年出生的阿桂姨，到今年虛歲正是八十了，什麼場面她沒見過？卻是老來落得一身淒涼。

日據時代的艱苦是大環境大時代的悲慘，誰家不苦？躲警報躲空襲，一走多少公里，阿桂姨說過千遍萬遍，她兒子就是當故事聽過，「那是妳早出世。」是啦，早投胎早受苦，那現在這些才剛投胎的小孩子，他們要受什麼苦還不知道咧？看你們這時都成了什麼卡奴的，又是錢莊催討，又是銀行催帳的，日子安穩嗎？

阿桂姨摸了摸蒼蒼白髮，今年八十了。二十年買了三間房子，讓她引以為傲，卻也在二十年內，敗光了三間房子，還落得孤單獨居。

阿桂姨再嘆一口氣，唉！

明明是不想和姓林的結親家，幾個女兒怎麼選都不選林姓人家，她那么女還曾經有三回說親的，都是林姓人，阿桂姨不滿意，她么女也沒好感。偏偏是兒子在球館裡認識的女孩姓林。

阿桂姨想起那女人剛進門的年關下，三八假賢慧，阿桂姨一早買的雞，想要下工黃昏再煮，那女人早一步一鍋滾水下去煮雞，時間也沒拿捏得準，關了瓦斯，要用筷子架起滾水裡那一隻雞，已經是熟爛到筷子一戳就裂開，這莫不是不好兆頭？當時阿桂姨心頭就一震，什麼都來不及細想，趕緊去市場裡再買回一隻雞，自己重新再煮，可她心裡早是犯了嘀咕，祭祖時，喃喃地向祖先請託「這個查某不識代誌，一隻雞煮到爛了，祖公媽，恁都保庇咱一家不要散了。」

是注定是來敗我這一家的嗎？阿桂姨懶洋洋的身軀裡思緒是活潑的。

電視螢幕裡那些老人，義憤填膺的，國之將亡必有妖孽，是泱泱氣數已盡了嗎？

阿桂姨再想起同那年，那女人除了雞煮爛了外，一尾魚也不知怎麼煎的，竟是硬如石頭，新春裡連著三天要紅燒卻都煮不爛，她是不讓咱們家年年有餘啊！

新婦當家第一年就現敗象，往後年年挖東牆補西牆，房子抵押借款，一胎又一胎。阿桂姨心頭凝結喔，就算有金山銀山，遲早也會垮。等到兒子債台高築，這女人開口要的是離婚，這事瞞著阿桂姨辦了，連帶著孩子搬家也默不作聲，分明是財產沒了，也沒利用價值了，合該丟在一旁。

散了，這個家都散了。

兒子躲債走了，那女人把孫子也帶走了。
唉！阿桂姨再長嘆一聲。
是業障現前嗎？是人生大考驗嗎？
人，孑然一身的來，臨老也孤苦無依，這是命嗎？

刊登二〇〇八年八月十八日《更生日報・副刊》

酒醉的探戈

「我無醉，我無醉，無醉，請你勿免同情我，酒若入喉，疼入心肝……」

「喂，貴妃姊仔，妳是咧唱啥米啦？吵死人囉！」有心臟病的西施，禁不起噪音干擾，一有噪音，她血壓就會慢慢上升。

「傷心的，傷心的我，心情無人會知影，只有燒酒了解我……」貴妃繼續唱著，一點也不理會捧心抗議的西施。

「貴妃姊仔，汝是按怎啦？」瘸腿的珍珠年齡雖非略長於其他幾個，但她的語氣卻是沉穩關心的。

「……酒醉的探戈，酒醉的探戈，告訴我，不要忘記我……啊……啊……」

貴妃那破鑼嗓子，五音已是不全，咬字又是一口台灣國語，卻又愛現，一下子唱台語歌，一下子又是哼國語歌。而她末了那個『啊』字，簡直是魔音穿腦，就如那號角喇叭的嗚聲，直直劃破長空。

「貴妃姊仔，汝甘是醉啊喔？」美人看著貴妃那失態模樣，推斷她一定是喝了酒。

「嗯！我無醉，無醉，……嚶……嚶……」

才說自己沒醉，接著就嚶嚶低泣。貴妃這樣子，害珍珠她們幾個都看傻眼了，大家面面相覷了好一會。早些年她們幾個可也曾風光了好一陣子，那時雖然過的是生張熟魏的生活，但也都各有捧場的人，可現在幾個姊妹漸漸是年華老去。想那時只要提起鳳凰大酒家，貴妃、西施、美人、珍珠可是大名鼎鼎鳳凰四大台柱呢。哪有她飛燕的份啊？

如今呢？是相約了隔鄰而居免得無聊，但除了各自小小公寓裡度著餘年，還能怎樣？

早些年沒找個可依靠的殷實商人跟定，年華老去後，誰會對毫無姿色的女人感興趣？那時節想得不夠深不夠遠，以為自己可以紅一輩子，可以永遠有厚敦敦的鈔票可拿，只如今人老珠黃，再要捧杯笑臉迎人，只怕人家老的少的俊的噁的男人都不愛啊，更何況這年頭酒家也已沒落了。

也難怪貴妃心裡鬱悶，「想當年梢頭獨占一枝春，嫩綠嬌紅何等媚人」哪，她可是鳳凰裡的第一把交椅呢！多少個董事長級人物蒼蠅似的天天黏上她，巴不得貴妃就是他們金屋裡的阿嬌。

是貴妃眼界高，只為那陪著老闆來應酬的小書生心動，當時那年輕人對貴妃也是自生情愫，貴妃盼著年輕人趕快爬上高位，好把她迎娶回家。哪知一年年過去，年輕人那張嘴也刁滑了，貴妃不過是酒國裡的貴妃，哪夠得上資格進他的大宅。人家他娶的可是名門之後，貴妃呢？只合應酬時在鳳凰這兒酒酣耳熱一場罷了。

姊妹們何嘗不明白貴妃心裡的痛啊！她們幾個不也這一路淪落到此，但好歹還是得活著，如今也只能這般閒晃閒扯過日子了。最近是飛燕大了肚子，那無後的男人不定時會上她們這過氣酒女公寓來，這叫貴妃情何以堪哪！但她們能做的至多是隔著自家的鐵欄杆口頭上安慰安慰貴妃，其他她們也出不了個更好的方法幫貴妃解悶。她們又都不願意出了自家小小套房，過門到貴妃那兒去摟著她，拍拍她的肩，讓她有個依靠。

因為說到依靠，就是大家心裡的痛了，誰不想有個依靠？

這時大家當然也是心知肚明的，貴妃是在思念那一年年往頂端爬去的心上人。美人因此有些忿忿不平：

「我講咱蔗的好姊妹，恁講，咱貴妃有親像卡早彼款予萬歲爺飼佇後宮的愛妃莫？伊若是有想到咱貴妃姊仔的時，才來共咱貴妃姊仔相好一咧，也那無，伊敢知影，咱貴妃姊仔嘛有想伊的時陣。」

就算是已經遲暮的美人，想起貴妃那老相好，心也會震動一下。

「講正經的，我嘛是真甲意予親像彼咧款的查埔人攬著的感覺呢！」

「是啊！是啊！予彼種人的大手蹄甲咱輕輕摸一咧，攏嘛的茫茫茫呢！是講這時陣，也毋知伊是密去叨一咧水姑娘仔的所在，就按呢將咱貴妃姊仔甲袂記哩了了。」珍珠也跟著美人發起牢騷來了。

珍珠不開口還好，她一出聲，美人就逮到機會挖苦她。

「汝也閣講啥？自從汝擺一枝腳了後，貴妃姊仔彼咧相好的若有來這，嘛是的對汝溫柔，而且閣是尚溫柔的。伊攏輕輕仔攬著妳，娑汝彼枝擺腳，輕聲細語的講：『珍珠仔，汝著好好休養，麥亂震動喔！按呢腳才會卡緊復原喔！』汝講說有也沒嘛！有也沒？」

「哪有？汝亂講！」珍珠口裡反駁著，但她心裡卻也有幾分甜蜜。

「有啦！有啦！著是親像美人姊仔講的彼款啦！害我是又欣慕又嫉妒呢。我有狹心症，伊著攏按呢體貼我，奈差蔗濟？」看在西施眼裡那是被寵幸，她當然不免要埋怨幾句。

「喂！喂！喂！姊妹仔，人伊是因為對我抱歉才按呢。恁毋通袂記哩喔，我這枝腳，著是因為他刁故意放乎目周瞇瞇，予彼咧不成囝仔將我槓擺腳的啊！」

珍珠這麼一提起，她們幾個才回神想起那一段不堪的往事。

貴妃的男人生意做大之後，換成他身旁總有一些阿諛奉承的人，就是那個看上珍珠的臭男人，在得不到珍珠時用了最卑劣的手段，珍珠才會下半輩子帶著一隻瘸了的腿。

「對啊！咱是有緣才會逗陣住做伙，咱姊妹仔愛互相合好，伊只是不定時會來咱蔗，也毋是逐仝來，咱也是麥去乎伊騙去，伊黑是挽籃仔假燒金，咱每一个人身軀帶的症頭，叨一咧毋是伊聯絡外人來加害咱的？」美人的發難，說的正是大伙兒的心聲。她們幾個聽來都心有戚戚焉，因此點頭如搗蒜，男人的心兇殘時還真的只有狼心狗肺四個字可做形容。

這棟套房大樓，和貴妃等幾人都住在同一層邊間的，是個年紀比她們幾個小多了，最近被那個男人搞大肚子的飛燕，因為倍受那男人寵愛，而不見容於這群老姊妹。這時她不知好歹的開了口，意圖轉移大家的焦點：

「阿姊仔，貴妃姊仔甘會是昨暝，咱大家攏睏去了後，去予人強灌酒啊？」

「強灌酒？」

飛燕這一說，美人、珍珠和西施前後細細思量了起來，這一想人人面色凝重了許多。聽說有個大醫院的醫生對貴妃有點意思，已經來過好幾次，而且每次都跟貴妃的男人在一旁竊竊私語。

「厚！這咧查埔真是死無良心，咱貴妃姊仔蔗呢聽話，也袂出去趴趴走，也袂一哭二鬧三吊刀，伊居然還聯絡外口的人來欺負咱貴妃姊仔。這口氣怎忍得落去，後擺伊若來咱著愛卡細膩咧喔！」德高望眾的美人一發難，珍珠、西施和飛燕都齊聲贊同。

「對嘛！對嘛！」

「汝是咧甲人對啥？汝這个查某，貴妃若是予人灌酒，甘是汝摻外人逗孔的？」

「珍珠姊仔，我是好心甲恁提醒，汝煞含血噴人，恁真是毋知好歹。」挺著幾個月身孕的飛燕撫著微凸肚子，越說越氣，「哼，要親汝汝煞當做要咬汝，雞仔腸鳥仔肚的查某，莫怪無人愛。」說著砰一聲關上房門。

「喔，伊料準伊這時有身搖擺啊？」

「是啊，若是歹心失德，天公伯仔是袂予伊有子兒細小啦。」

「伊料準替大的生一个子，著能凍占大某的位？麥恬瓦瞑夢啦！」

她們幾個隔著自家鐵門向著飛燕房門叫罵了半天，貴妃也還在她個人小套房裡，以她的走音歌聲哼唱：「我醉了……因為我寂寞……我寂寞……」

「嘟嘟嘟」一聲又一聲的腳步聲向她們而來，那腳步聲早聽得熟了，她們每個人都把自家的門打得大開，搔首弄姿一番對著來人笑吟吟，幾人搶著發言。

「唉喲，大的，奈蔗久攏無來？」

「大的，要入內我蔗莫？」

「大的，咋想汝呢！」

「好好，恁攏是我的寶貝，咋暝睏了有好莫？哦！飛燕仔，汝的腹肚閣卡大一點仔喔！嗯，真好。西施啊，心痛的情形今嘛按怎囉？珍珠，來，我看麥仔汝的腳。美人仔，該呷藥的時陣，著愛乖乖仔吃喔！咦？啊貴妃呢？」

男人彷彿視察部隊似的一一點名後才發現少了貴妃，這才伸長脖子向虛掩著門的貴妃房裡看去，而且是仔細的瞧了瞧，也才瞧見貴妃四腳朝天的癱在她屋子的席夢思床邊，還在嗯呀呀的扭著身子呢！珍珠她們幾個也隨著這聲音轉身，大家都癡心妄想，男人能像對待貴妃那樣的對待她們。

她們好生羨慕的看著男人推開了貴妃的房門，她們也跟著出了自己的門，全數擠在貴妃小小門口，就看見男人雙手一抱，就將貴妃軟綿綿的身軀托起放上床，再用他右手細長的手指輕輕撫著貴妃，無限愛憐的對她說：

「貴妃仔，汝飲酒啊喔？才幾仝仔無來，汝著借酒解愁喔，可憐喔！我無甘。」

男人幾句話聽在西施等人耳裡，當下都同樣想著一件事，下回是不是也該如法炮製，再跳個顛顛倒倒的酒醉探戈好了。

刊登二〇〇八年十一月四日《金門日報・副刊》

手腕上的註記

看著左手手腕處那道疤，她就無限懊悔。

當年因為鑽入牛角尖，怎麼樣都繞不出那張網。

後來變成為了要遮掩這條毛毛蟲似的疤痕，在穿著上頗是傷神。大熱天穿著長袖十分燠熱，但是穿著短袖，那道疤就赤裸裸的呈現人前。

了解內情的人，口裡雖然不說，但心裡卻是會有些惋惜，她從他們的表情就可以讀出這一切。最怕的是遇上不知情又好問的人，曖曖昧昧的拐著彎問，非得問出個所以然來，逼得她想躲都躲不掉，那一段慌張的記憶。

那時她的婚姻已經過了會癢的第七年，她原還會對「七年之癢」這名詞嗤之以鼻。因為她自己也還年輕，在服務的機關裡也還吃得開。

後來她慢慢發現在銀行上班的丈夫瀟灑倜儻，很多他的女同事和女客戶，對丈夫特別傾心，無視於他已婚的身份，常是藉機和她丈夫攀談聊天。日久總會生情，她丈夫也仗著自己引以為傲的斯文外貌，在眾多女子間悠遊來去。

她常為這事和丈夫爭執。

她丈夫說沒的事，不過是同事情誼和服務客戶罷了。她卻總是一顆心揪得緊緊的，從一早兩人出了家門各自上班之後。

偏偏她丈夫又熱衷下班後的邀約，ＫＴＶ唱歌也罷，同事家小酌也罷，甚或和客戶一起聚餐。

她緊張的神經絞了又絞，都快把自己絞得失神了。丈夫一回到家，她寒著一張臉不發一語，她丈夫是勉強的視而不見，家裡沒有陽光笑臉，一點都吸引不了他。

鬧得兇時，只要她丈夫晚歸，她的情緒便如煮沸的湯，頂著鍋蓋直要衝出，卻又被壓制下來。

那時，她肚裡剛剛懷著老三，她一直期盼的男孩。前頭兩個女兒丈夫雖然疼著，但總會在談話中流露沒有兒子的遺憾。那幾年間為了外頭對丈夫特別的吸引力，她想了又想，把她母親的話一遍遍溫習著，「我看妳就再生個兒子，他就不會對別的女人有興趣了。」

是嗎？丈夫是因為沒有子嗣，所以蠢蠢欲動於其他女人的投懷送抱？

她也想著鄰居李媽媽的忠告，「妳要就快生喔，等年紀大了生不出來，或是外頭女人早一步生了兒子，看妳怎麼辦喔？」

是嗎？都已是科技昌明的二十一世紀了，還是母以子貴的年代嗎？

她掙扎得難過時，也打過張老師之類的咨詢專線。咨詢老師問她，她還要不要這個婚姻？她當然要啊，她不曾想過失去丈夫她會怎麼樣。咨詢老師告訴她，如果還要這個婚姻，那就要改變自己的想法，丈夫晚歸，就想成是路況不佳塞車了，或是車子拋錨修理中；女同事女客戶喜歡接近丈夫，就想成丈夫人緣好魅力無可擋。

她也努力這麼改變，但是因為是自己的親密伴侶，她仍然在意丈夫的言行舉止。後來她丈夫對她日復一日的盤問淡然視之，冷漠不回應。母親的話、鄰居李媽媽的話立刻鮮明跳出來，她於是決定再懷個孩子。
她拿慌亂愁鬱的懷孕心情賭丈夫的心，那年她正好四十。懷孕三個多月，她做了羊膜穿刺，確定了肚子裡懷的是兒子，她是喜悅的，但沒有篤定的心情。她不確定丈夫是不是會因此而回頭好好看看她、看看他們的家庭。她的丈夫仍然是蝴蝶園裡開滿了花的果樹。
李媽媽的話可信嗎？她母親的話有用嗎？她糊塗了。
她的兒子還在她肚裡，沒法幫她把丈夫喚住。
她丈夫還是有時會有晚間聚會，她揪著心等在夜色昏暗時。肚裡兒子七個月大有天夜裡，她拿著水果刀往自己左手腕劃下，她因為痛楚嘶嘶哼著，嚇壞了一對已經甚於常人敏感的姐妹。十歲的姐姐幫她在手腕傷口上綁上手帕，八歲的妹妹跑到書房喊醒爸爸。
她丈夫從沒想到她是如此烈性。
她在丈夫驚慌憐惜的眼神裡，獲得一些些療效，你還是在意我的。後來她手腕上的疤，慢慢結痂後，她會經常凝視著，回想那一晚，甚至更早之前，丈夫的心應該不曾遠颺吧？
有些不知情的人，嘴上不問，但卻是以另一種眼光看她，彷彿說著，「我就知道她做了什麼事，大傻瓜，這麼不知愛惜自己。」

她一直讓這個疤存在，只是要讓丈夫時時可以看見，看見她曾經因為他怎麼漠視自己，讓他想跨門出去的心回轉過來。

這兩年整形風氣盛行，她也想著是不是該將這道疤磨平，將一切完全趕出自己的生活，反正丈夫也白髮蒼蒼垂垂老矣，一棵枯朽的樹，再無花可讓蝴蝶縈繞了吧。

刊登二〇〇八年十二月二日《金門日報・副刊》

拇指的刀疤

十月的晚風沁涼入脾，丈夫邀她餐後散步，她順從的同行。道路一側是各式店家，另一側是重劃區，這條路是交通要道，不定時的車水馬龍，一部部快速奔馳而過的車輛從他們身邊呼嘯而過，一如不留情的歲月快速溜向前一般。

「這裡變得真多。」

「嗯，是變得很多。」她說的是自己的心境改變很大，再也不是只想依賴丈夫的女人。

「以前不是這樣的。」

「什麼都會變的。」

回應後她忽然想起她把丈夫說過的話拿來用了。那年丈夫背著她偷情的事東窗事發，事證歷歷在前，面對她聲聲質疑「為什麼」時，丈夫不是選擇坦白承認所犯的錯，並向她道歉請求原諒，而是用「人都是會變的」這句話來合理化他的行為。

在那當下她的心沉到深不見底的黑洞，丈夫是不在意她的感受了，連假意哄她都不願意。沒錯，人是會變的。

但她在意的不是變不變的問題，而是對她的傷害，丈夫至少該有一個合理的說法，與誠懇的道歉。

然而數年來，丈夫欠她的道歉一直未曾償還，隨著時光流逝，她清楚已經不是三言兩語可以撫平她心上的傷疤。

如今丈夫也變老了，而她因為義工生涯開展了眼界，她清楚自己也變了，變得勇敢且自信。

丈夫霜白的鬢髮隨風輕輕跳動，她側臉望著，倏地感覺丈夫那張曾經俊美的臉龐，如今也鐫刻了年輪。銀白髮絲和有歲月痕印的容顏，想必再也挑不起任何一場妙齡女子的情慾了吧？誰會想和一個老朽墜入愛河？

所以他回頭尋來了，是嗎？可她心裡卻溫不出一點熱度。

丈夫想要重修舊好，似乎已經太遲，錯過了她最亮眼最有智慧的年代，卻憑空殘留了裂痕。

她在撇嘴苦笑的剎那，想起左手拇指指甲下方那個接近兩公分長的刀疤。通常傷口若是很深，血流量又多的傷口，醫生都會施以縫合手術，將傷口處理妥當，好讓一切快速恢復。

她清楚記得，自己左手拇指剛被刀子劃下時的確鮮血如注，她並沒慌張失措，反而是站定看著，有一剎那她還錯覺是潛意識裡刻意劃下那一刀，直到不斷從傷口冒出的鮮血，像潰堤般流向四周，她看得頭都暈了，那念頭才止住。

她不是蓄意要傷害自己，純粹只是切菜失了神，不過她倒是因此而回了神，她一點也沒自責不小心切到手指，她接受已經造成的傷口。那時她並未就醫，甚至連簡單用衛生紙或棉花止血的動作也沒做，她抱著看那傷口的血要流多久，好像多年來等著看丈夫外遇這齣戲的結局似的。

她想如果體內的血能流盡，她因失血過多而死，好像也很自然，而她也願意。

那年她對生活早失去熱勁，雖然不致故意尋短，但從來也不祈求多活。

雖然拇指上的傷口是切菜時不當心切出來的，但是既然已經切到了，她想也可以就當成沒看見不去處理，如果自然形成一種生活中致命的意外，也無不可。

意外，生活中的意外何其多，像她丈夫的出軌，她一直鄉愿的視作一樁意外。

他們明明那麼相愛，如膠似漆，可卻有一個女人闖進他們的生活，對她而言，這是大大出了她的意料，天大的意外，粉碎了她的心。

她丈夫一直不願和她面對面談，讓彼此有更清楚的空間和心情。她的心口於是一直掛著一件懸而未決的事，一年年，那件意外竟變成生活中一直存在的事件。每每回神時，那個事件彷彿一把尖銳匕首，筆直刺進她心口，她感覺得出全身的血液在那瞬間放射狀的噴出，然後她會喘不過氣來，她沒辦法給自己一個合理的解釋，關於丈夫把對她的愛分給其他女人。

那晚，她希望乾脆就那樣死去，死去便不需要再去面對丈夫，和他帶給她的痛苦。如果因為失血過多而死，丈夫一直不願面對的問題，也就能以另一種和平的方式解決了。

當時凝視持續流著血的拇指，她感覺自己比丈夫有魄力多了。

丈夫的婚外情曝光後，遲遲不肯和她或和另一個女人攤牌，還是她單槍匹馬去會那個要她把丈夫放出去飛的女人。對方都挑著明說，而且說得清清楚楚，要她別把丈夫拴在身邊，男人的天空不是只在一個屋簷下。

「男人不會只屬於一個女人的。」那女人趾高氣揚的神態讓她反胃，或許也讓她肚裡的孩子不快，她於是頻頻作嘔。

「妳肚裡有孩子，他不會不要妳的。」

那女人說得倒雲淡風清，但不是她要的風景。

她不明白丈夫怎會和這樣開放的女人搭上，難道丈夫一向的忠厚老實是假象？

不管那女人說過什麼，她就是不要曖昧不清的情感，她不要兩人的婚姻裡再躲著另一個人。

然而她丈夫就是閉口不談，她要是開口先提，他就蹙起眉頭顯現不耐。那時，丈夫什麼解決方案都不擬，她揪著痛得滴血的心，護著肚裡那個不安穩的生命，索性將一把鋒利水果刀往丈夫書桌上一放，「一刀兩斷吧！」

正埋首書中的丈夫，以為躲進書房躲進書裡就能躲開一切，他沒想到一向溫和的她會如此激烈，他慌張抬起頭來，驚慌失措的表情對照她的剛烈，宛如撞邪。

「妳這是做什麼？」

「算清楚，從今天起我們一刀兩斷。」

「……」

丈夫鎖緊眉頭，流露些許擔心，和她肚裡的生命相加，總計是三條人命，如果她將這些置之度外，他要如何善後？或許連善後的機會都沒了。她丈夫強作鎮定，緩緩站起身迅速收下水果刀，好像再慢一步，她會失去理智拿起來自殘或殘害他。

丈夫收下水果刀後，依然不提他所犯下的錯事，她凝著心，嚥下一滴滴自心口滲出的血，疤因而增生厚度。

連祭出利刃，丈夫都還是避而不談，她在無可奈何下，日子就這麼淌過她心頭的血漬，一年年過去，不曾拭淨。

如今，丈夫漸行漸近，傷疤會否磨平？她下意識睇了左手拇指一眼，一絲涼意由頸後竄入，她震了一下，彷彿搖頭一般。

刊登二〇〇九年十二月十三日《金門日報・副刊》

遺夢

一、他躺在床上看書聽音樂，恍神間感覺一隻柔荑般細緻手臂摩娑著他的胸膛，他轉身一看，身旁女子不是別人，是他的戀夢情人。

二、他一時心喜自言自語道：妳來了，我想死妳了。情人雖沒開口說話，卻是眼媚心嬌，嘴角微微揚起巧笑成一彎新月，直勾得他心神蕩漾。

三、他手一伸便將情人摟到胸前，他嗅著情人頸項間散溢的香水味，是他送她的「remember me」。他告訴過情人，香水氣味會讓他莫名的興奮起來。

四、好幾次他搭電梯要進辦公室時，電梯在各個樓層間開開關關，等人都走光了，那一陣陣香水味還趁隙留下，惹得他的小弟弟一直要抬頭看看。

五、他說過香水催情的話之後，情人也會在約會時抹點香水，他便會情不自禁的想要攻城掠地，可是情人總是在緊要關頭緊閉城門將免戰牌掛起。

六、他幻想和情人合歡已經N次了，他還去買了性愛寶典，仔細研究各種姿勢，他想經過紙上單兵作業的操練，等真槍實彈上場時，一定戰績輝煌。

七、今天好不容易情人自己投懷送抱，還一逕的從流轉眼波中拋出魅惑，眉兒一挑眼兒一瞟，他整個人酥軟無力，唯有那小弟弟神勇的擎起一片天。

八、他等不及要解下情人襯衫的紐扣，每解開一顆紐扣，小弟弟就向前衝一下，一二三四五六七，七顆鈕扣全解開了，他的小弟弟還是在升旗。

九、卸除情人襯衫，還得解下將情人臀部裹得緊緊的牛仔窄裙。情人的臀部又翹又圓，他早想著這座「馬達」絕對是夠力，他光想著就感覺到震動。

十、可現在這條厚敦敦的牛仔裙像戰袍一樣，還費了他九牛二虎之力才扯下它，他渾身是汗，汗水滴落情人光滑的肚皮上，緩緩流進情人肚臍眼。

十一、他盯著那幾滴流進情人肚臍眼的汗，露出一絲滿意的微笑，他覺得好像自己已經從情人肚臍眼進了她的身體，而這也激勵他要快點展現雄風。

十二、情人好像也被他搔得心癢難耐，一反過去的矜持，在他身上水蛇似鑽動。情人一翻身換成他躺在床褥，情人的兩座山峰在他眼前不停向他招手。

十三、他猴急的將手遶至情人背後，想要解開胸罩的小小扣鉤。都已經是雙手齊上了，還是左搓右揉動不了那不起眼的小東西，他恨得牙癢癢的。

十四、他實際等不及了，乾脆從前面拉下胸罩，情人那渾圓有彈性的乳房，瞬間跳出來，小櫻桃似的乳頭紅豔欲滴，他忍不住迎上去吸了一口。

十五、只吸一口怎夠解渴解飢？他於是一手一個的抓著，左右兩邊輪流吸吮，手裡抓著的是綿密細緻的溫柔，口裡含著的是香滑迷人的櫻桃。

十六、情人的腰不停擺動，上身自然跟著左右搖晃，一失神櫻桃還會滑出口。他急急找尋的樣子像索乳的嬰兒，情人看了好玩，故意扭得厲害逗他玩。

十七、情人擺動幅度加大，他的手也快抓不牢那兩團柔綿，情人的長髮還甩過他的臉，一絲絲刺痛的感覺，倒是讓身體裡面的火山更快速滾動熔岩。

十八、情人的頭髮輕輕滑上他沁著汗珠的胸膛，情人柔軟的唇在他身上遊走，左右兩側的小紅豆先後被甘露似的滋潤，現在也漸漸硬著頭皮要發芽。

十九、情人從不曾如此放浪，他心醉神馳通體舒暢，就是這樣，我就是要這樣的情人，不要停，難得的幸福不要停，他的內心正做著這樣的呼喊。

二十、在情人動作緩慢下來時，他雙手往情人腋下一撐，再把情人往他頭部上方推去，變成是情人跨坐他腹部，情人的乳房又成了滋潤他的泉源。

二十一、他忙碌著吸吮好似能噴出瓊漿玉液的軟香處女泉，情人耐不住他這般撥弄，水蛇腰下果真像是一條蛇似的萬般鑽動，還直向他的鼠蹊部滑去。

二十二、他等不及要闖進情人的祕境，怎知情人一扭腰，夾帶讓人銷魂的聲浪，在他耳畔「不要，不要嘛！」的哼哼唧唧著，惹得他快噴出一身火。

二十三、情人在他身上滑上滑下，他的手在情人胸前背後不停撫著，還游移到叢林深處，情人已經讓他撩撥得春心蕩漾，柔軟成一片沾染小雨的草坪。

二十四、他以為情人已經準備接納他，翻個身將情人壓在身體下方，再埋首她的雙峰間，左右忙碌讓櫻桃昂首挺立，下身長鞭一舉便想直驅情人寶地。

二十五、情人腰一扭，滑出他掌握的範圍，他箭已上弦，不能射實在難忍。情人卻是翻個身俯趴在席夢思上，張開雙手像隻翩翩飛舞的蝴蝶等著他。

二十六、他從不知原是害羞矜持的情人，也能蛻變成風情萬種的神女，他喜歡情人這個改變，順手將一個枕頭墊在情人腹部，然後向情人光滑背部貼去。

二十七、情人十分配合他，再把身體弓起，他的手順勢往前掬一把豐腴，正要揮動千軍萬馬航向幽深的湖心。不料，情人轉身攀住他的背纏成麻花捲。

二十八、情人柔綿的雙乳滾遍他全身，從後背到前胸，滑過臉部再到下腹。他挺直腰坐起身，再讓情人交坐，他要用書上學到的招式和情人纏綿一番。

二十九、他舔舐情人肩頸，情人含住他耳垂輕聲呢喃，他要自己這座爆裂火山滾燙的熔岩，將情人改造成奇幻野泉，兩人的熾烈火燄要燒遍溫柔鄉。

三　十、他緊緊抱著情人，搖蕩間攀上高點。恍然一震，換曲音樂聲驚醒夢中人，他手中緊抱的是枕頭，瞥一眼滾落的印度愛經，哪裡有情人的蹤影？

中華電信「手機文學」二〇〇五年十月上檔

調笑

一、初識雲雨時巧兒已不年輕，她以為白馬王子入她花園，必是熱烈如火，若不，至少也能撩撥她春心，再將她調成眼媚心馳的蕩漾。

二、可是巧兒的第一個男人，卻僅將她視為獵物，旨在享受征服快感，圖他個人馳騁高原，如快馬奔馳，呼嘯一陣來來去去，都是他一人安坐馬背。

三、巧兒只是他費心獵得的寶馬，他騎乘駕馭越來越顯順手，心情愉快時，俯下身摩挲著巧兒柔嫩的臉，彷彿讚美她真是絕佳戰利品，堪是好用。

四、巧兒柔順如綿，默默承受第一個男人的霸氣。他若慢踱則不速速揚鞭，他要飛馳提鞭便去，從不問巧兒關於她的情思，是否如他一般攀越巔峰。

五、男人說巧兒是死魚，巧兒忿忿不平，想他自己是西部最快槍手，子彈上膛不到兩分鐘就彈盡援絕，連油鍋都沒讓巧兒熱，還想要人煎魚翻面。

六、巧兒最恨的是，槍手射擊後只顧自己疲累翻身便睡，留下巧兒悶鍋裡還兀自蒸騰著熱氣，焦了心神哪！要熄了這一盆火，可得巧兒大費心思。

七、巧兒以為書上所寫的心脈顛狂，都只是欺矇世間女子的言論，她心底深處也想嘗一嘗那欲生欲死的快樂，可卻沒能由第一個男人調撥成功。

八、直到遇上第二個男人，巧兒才茅塞頓開，真正識得兩情繾綣纏綿時如臨仙境。巧兒這才相信有本事的男人不浮誇，真能讓女人騰雲入仙山。

九、第二個男人慢性不猴急，總是慢慢溫熱巧兒那一爐火。他先是親吻巧兒的薄唇，然後一路滑向她的頸子，再一吋一吋的啄著她胸前的雪白。

十、然後男人雙手輕輕滑過巧兒的腹部，還故意在她那凹陷的神秘小孔徘徊流連，他用食指慢慢捻弄，冷不防再用舌尖舔舐，勾起巧兒一陣痙攣。

十一、輕輕舔著，一路到了叢草處，他努力尋找聖女泉源，直到滴滴流泉竄出，這個男人肯定他攀登的這座女泉是豐沛之泉，也是能讓他解渴之處。

十二、既然尋到源頭，他並不急躁，仍然慢條斯理撥過一叢一叢小草。巧兒已經燥熱難耐，頻頻扭動腰枝，並挺起下身迎向他，男人卻故意後縮暫停。

十三、男人側躺巧兒身邊，在她耳畔吹氣「妳想了是嗎？」巧兒蔥白似的雙臂滑溜過男人肩膀，纏住他整個脖頸。巧兒貼著他的耳喘息「嗯……人家……」

十四、「人家……怎樣？」男人故意問著。巧兒以身子頂撞男人，嬌嗔道「討厭」之後，背過身去故作生氣狀，心裡倒是竊喜著「看你靠不靠過來？」

十五、擅長打情罵俏的男人，當然速速由巧兒背後摟抱她，一雙手順勢在巧兒胸前浮游，從頸項到乳尖，再到平坦的腹部，俏皮磨蹭巧兒肚臍眼。

十六、巧兒輕慢浪笑一聲，下身一推頂向男人胯下。男人硬挺挺的門閂，牢靠得很，巧兒想應是能扣緊門鎖，不會像前頭那個一下子就鬆脫了吧！

十七、男人懂得挑起女人風情，他再搔過巧兒腰側，正是搔到巧兒笑穴，禁不住便浪笑不止，甚且不住扭動身軀，引得男人的門閂直要插入門鎖處。

十八、男人因此迷醉，因為他眼前的巧兒如神女淫蕩，挑逗男人身上流過沸騰熱氣，但不可此時便棄甲繳械，他還要好好調教巧兒讓她成為卡門。

十九、男人鑽向巧兒胸脯，吸吮著山峰上的果實，舔舐如舔蜜汁，咬齧如咬仙果，巧兒遍身如暖流通過，泉湧處汩汩不止，吟哦呢喃聲聲不斷。

二十、巧兒周身如螞蟻上身，卻又搔不著癢處，她盼著男人快快為她除去難耐的奇癢，盼著男人趕緊門閂讓她沉靜，盼著男人快快讓她放聲唱浪。

二十一、此時男人跨足側騎巧兒，頭臉則埋在巧兒胸前，兩人捲成麻花。巧兒一扭腰，將左腳跨向男人腰部，山泉水源立時洞開，巧兒隨即坐起身。

二十二、男人是盤腿坐姿，巧兒則跨坐男人腿上，門閂恰恰好套住了門鎖眼。男人雙手扶住巧兒的腰，助其上下擺動，巧兒的長髮散成門框的黑流蘇。

二十三、巧兒心茫眼醉，如癡如狂，哼哼唧唧吟聲不斷。驟然間男人雙手一提，扶腰就將巧兒的門扣自門閂處抽出，神魂顛倒的巧兒不依的嗯嗯討著。

二十四、男人在巧兒耳後低語「慢慢來，讓妳更舒服」巧兒心一喜，於是俯趴男人上身又吸又舔，她想男人費心取悅她，她也要讓男人銷魂難忘。

二十五、巧兒一路以溼潤的唇，慢慢開出一條路徑，她要尋找人間最美麗的森林。終於在茂林中停足，巧兒以她輕靈的舌，為男人堅硬的門閂鍍上防鏽。

二十六、男人也如搭乘雲霄飛車般興奮，挪動身軀成了巧兒在下男人在上的姿勢，男人將巧兒的雙腿抬至他的肩上，再以跪姿慢慢推進門閂扣上。

二十七、慢慢推進，再快速拉出，然後又試一次，反反覆覆，巧兒浪語不休，雙手緊扣男人頸子，然後男人加緊速度，再一次用力到底扣緊門閂。

二十八、正是此時，巧兒散髮成流瀑，流洩一式的浪漫飛舞，香汗且淋漓，在攀登巫山興起一場雲雨之際，牢牢被門閂住，她長哼一聲「嗯呀……」

二十九、男人攬住巧兒的後腰，任她擺盪成圓弧彩虹，而他俯向前，膜拜在巧兒晶瑩剔透的胸腹，他跳動著心脈說話「巧兒，巧兒，不讓妳走。」

三　十、巧兒這廂則是嬌喘著「不要停，不要停」一場調情能讓巧兒欲罷不能，男人是心喜的，為了取悅巧兒，男人費盡心力要留住那片刻銷魂時光。

中華電信「手機文學」二〇〇五年十二月上檔

唯愛便當

一、他擁有過一個便當，一個熱騰騰的便當，她專門為他做的便當，他獨自一人在盈滿冷氣的車廂裡享用，而且吃得滿身溫熱。

二、那是她唯一一次為他調理午餐，其實心門裡她盼望能為他洗手做羹湯。她想做每一道所會的料理，讓他日日在色香味俱全的菜餚中品嚐她的愛。

三、但她只能用圓型不鏽鋼製的兩層便當盒，裝著她精心製作的飯菜，也把對他的愛滿滿裝進去。她想也許他吃了她做的便當，就懂得她的想法。

四、那一學年他在台南兼課，學校幫他把課排在下午第一節到第三節。從高雄到台南，他習慣搭火車，在車上正可以好整以暇的看看上課講義。

五、他一直喜歡平順安穩的感覺，所以那一段路他捨棄自己開車，好讓一成不變的生活型態有些微跳動，下了車走幾步路，也是另一種風情的享受。

六、那天火車啟動後，他從她在車站遞給他的紙袋裡，取出她特意為他準備的便當，沉甸甸溫熱熱的便當，讓他恍然間如被捧在手中疼愛的寶貝。

七、他心頭流過一陣從未有過的幸福暖流，那是從便當盒裡傳導出來直到他的手心。行駛中的火車一陣陣轟隆轟隆的聲音，彷彿也為他喝采一般。

八、他知道她為了給他製作新鮮便當，特別向公司請了一個上午的假，然後上市場去挑選新鮮食材後趕回家去烹調，再以宅配服務方式送到他手上。

九、他真是感動，為她的靈巧體貼。而且，只煮他一人份的飯菜，她怎麼去拿捏，並拿揑得恰到好處，他更是佩服。能擁有這樣的女人，才是幸福。

十、他記得，那天她事先掛電話給他，告訴他別吃午餐，她為他做了便當，他聽著內心激昂澎湃。平常他上班帶去的便當，都是前晚剩下的飯菜。

十一、他太太總把一家人晚餐吃剩的，上下交相疊的填進飯盒裡。他帶到辦公室中午再熱過便吃下肚了，偶爾甚至冷飯就著熱開水也就充當一餐了。

十二、有時他不禁會感嘆，自己辛苦工作養家，好歹也是個主任級的人物，卻落得像個流浪漢一般，妻子塞什麼就收什麼，妻子給什麼就吃什麼。

十三、可是她就不一樣了，總是尊敬他體貼他。當她把紙袋交給他時，還貼心的叮嚀：「上了車，你趁熱吃了，可別留到學校去，涼了就不好吃。」

十四、他真喜歡被關心的感覺，暖暖的溫情，和從他手上的便當傳導出來的熱度相同，剛剛夠溫暖坐在冷氣車箱內的身軀，和那顆渴望被關照的心。

十五、他聽話的在火車上享用她的愛。左手端著盛飯的便當盒，右手掀開不鏽鋼盒蓋，他取出裝鳳梨豆瓣清蒸虱目魚肚的上層淺盤，置放在大腿上。

十六、剛好適宜的溫度，穿透他的西裝長褲，瞬間裹住他腿部肌肉、神經，直直通達他的心。暖烘烘的夏日溫度，彷彿回到十二月的自強號車廂中。

十七、他怔怔的看著，眼前起了霧氣，又是一陣感動，因為那個愛心便當鋪排得美麗。賢淑的她有美麗的心靈，才能把無形的愛製作成便當。

十八、就連飯菜的擺放，她都巧用心思。米飯上鋪排黃澄澄的蛋絲，碧綠綠的青花菜，紅豔豔的甜椒絲，三樣菜色各據一角，該有的養分都考慮到。

十九、飯菜的熱氣竄進了他的眼睛，眼眶不自覺的熱了起來。他用她準備的不鏽鋼筷一口一口吃著，細嚼慢嚥，要仔細嚼出她藏在飯菜中的密語。

二十、嚐一口柔軟綿密的蛋絲，像吞進她的低低細語，再夾一口甜紅椒，愛的甜蜜立時流遍全身，有點黏又不太黏的飯粒和青花菜則中和他的沉醉。

二十一、他緩緩吃著愛的便當，正如慢慢享受她溫熱的愛。鳳梨豆瓣清蒸的虱目魚肚，不斷散溢出微酸微甜的清香，一如靠近她時身上所散發的香氣。

二十二、入口即化的清蒸魚肚，讓他口齒留香，就像他曾經輕啄她的唇，留下難忘的繾綣。可不可以把菜香留住，也把和她的心裡纏綿一併留下？

二十三、他只能這麼想著。那次他把不鏽鋼便當盒洗得乾淨，在後來見面時還給她，還如孩子般俏皮討著：「真好吃，色香味俱全，下回還有嗎？」

二十四、她接過的空飯盒不若送出時的沉甸甸，一度有失落的情思。「如果可以的話，我真想天天做飯給你吃。」她含情的眼睛深處有著迷濛。

二十五、「如果可以的話，我真想天天做飯給你吃。」可以嗎？可能嗎？他蹙著眉頭，無法啟口給她一句回答。她迷濛的眼睛塗上了一層暗沉色澤。

二十六、他避開她憂鬱的眼神，緊握著她的手，回想著他有過的那個愛心便當，如果能夠，他要，他要他的生活裡日日有裝滿她柔情蜜意的便當。

二十七、然而，他不能，不能讓原本平順的生活起波瀾，他不能為了愛心便當，改變自己已經擁有的現狀，他明白自己給不起她一份關於愛的承諾。

二十八、她於是懂得他的不言語，他對她的感情還不夠深，深到願意給她機會空間為他日日洗手作羹湯。他說下回還有嗎？所以，還能有下回嗎？

二十九、她選擇退出他的生活範圍，她請調至其他縣市，她帶走所有關於他的記憶，唯獨不攜走那只不鏽鋼便當盒，她知道自己再不會作飯了。

三　十、他依舊日日吃著妻子為他準備的雜燴便當，就著夏日辦公室的冷氣，冬日冷颼的寒流，他吃進冰冷的感覺，在他擁有一個溫熱愛心便當後。

中華電信「手機文學」二〇〇五年十二月上檔

語言文學類　PG0563

胸膛上的蟹足腫
——短篇小說集

作　　者／妍　音
責任編輯／孫偉迪
圖文排版／黃莉珊
封面設計／陳佩蓉

發 行 人／宋政坤
法律顧問／毛國樑　律師
印製出版／秀威資訊科技股份有限公司
114台北市內湖區瑞光路76巷65號1樓
電話：+886-2-2796-3638　傳真：+886-2-2796-1377
http://www.showwe.com.tw
劃撥帳號／19563868　戶名：秀威資訊科技股份有限公司
讀者服務信箱：service@showwe.com.tw
展售門市／國家書店（松江門市）
104台北市中山區松江路209號1樓
電話：+886-2-2518-0207　傳真：+886-2-2518-0778
網路訂購／秀威網路書店：http://www.bodbooks.com.tw
國家網路書店：http://www.govbooks.com.tw
圖書經銷／紅螞蟻圖書有限公司
114台北市內湖區舊宗路二段121巷28、32號4樓
電話：+886-2-2795-3656　傳真：+886-2-2795-4100

2011年7月BOD一版
定價：220元

國家圖書館出版品預行編目

胸膛上的蟹足腫：短篇小說集 / 妍音著.
-- 一版. -- 臺北市：秀威資訊科技, 2011.
07
面； 公分
BOD版
ISBN 978-986-221-747-4 (平裝)

857.63 100007559

讀者回函卡

感謝您購買本書，為提升服務品質，請填妥以下資料，將讀者回函卡直接寄回或傳真本公司，收到您的寶貴意見後，我們會收藏記錄及檢討，謝謝！
如您需要了解本公司最新出版書目、購書優惠或企劃活動，歡迎您上網查詢或下載相關資料：http:// www.showwe.com.tw

您購買的書名：____

出生日期：________年________月________日

學歷：□高中（含）以下　□大專　□研究所（含）以上

職業：□製造業　□金融業　□資訊業　□軍警　□傳播業　□自由業
　　　□服務業　□公務員　□教職　□學生　□家管　□其它____

購書地點：□網路書店　□實體書店　□書展　□郵購　□贈閱　□其他

您從何得知本書的消息？

□網路書店　□實體書店　□網路搜尋　□電子報　□書訊　□雜誌
□傳播媒體　□親友推薦　□網站推薦　□部落格　□其他________

您對本書的評價：（請填代號　1.非常滿意　2.滿意　3.尚可　4.再改進）

封面設計____　版面編排____　內容____　文／譯筆____　價格____

讀完書後您覺得：

□很有收穫　□有收穫　□收穫不多　□沒收穫

對我們的建議：____

____

____

____

請貼
郵票

11466
台北市內湖區瑞光路 76 巷 65 號 1 樓
秀威資訊科技股份有限公司 收
BOD 數位出版事業部

…………………………………………………………………………

（請沿線對折寄回，謝謝！）

姓　名：＿＿＿＿＿＿＿＿ 年齡：＿＿＿＿ 性別：□女 □男

郵遞區號：□□□□□

地　址：＿＿＿＿＿＿＿＿＿＿＿＿＿＿＿＿

聯絡電話：(日) ＿＿＿＿＿＿＿＿ (夜) ＿＿＿＿＿＿＿＿

E-mail：＿＿＿＿＿＿＿＿＿＿＿＿＿＿＿＿